Michael Wirbitzky

ACHT, IN BÖEN NEUN

AF217492

atb aufbau taschenbuch

Michael Wirbitzky, geboren in Köln, studierte nach dem Abitur Geschichte. Parallel dazu spielte er Boulevardtheater in Bonn und Hamburg und schrieb Sketche für verschiedene Radiosender. Nach Abschluss des Volontariats bei Radio Luxemburg bekam Wirbitzky eine eigene Radioshow und wechselte nach einiger Zeit zum »Platzhirsch« SWF3 (heute SWR3). Dort lernte er Sascha Zeus kennen, der ihm bis heute als kongenialer Showpartner im Radio, als Autor und auf der Comedy-Bühne verbunden ist. Gemeinsam mit Sascha Zeus erhielt er verschiedene Auszeichnungen, u. a. 2011 den vom Grimme-Institut vergebenen »Deutschen Hörfunkpreis« für die beste Morgensendung (SWR3-Morningshow). Michael Wirbitzky ist verheiratet und hat zwei Söhne. Er lebt mit seiner Familie in Baden-Baden.

»Acht, in Böen neun« ist sein erster Roman.

Es ist später Nachmittag und drückend heiß im Yachthafen von Calvi. Sieben Segelfreunde auf der »Marie A.« machen sich bereit, um Richtung Südfrankreich auszulaufen. Sie sind reichlich spät dran, das gecharterte Boot muss bereits am nächsten Tag wieder im Heimathafen sein. Vor den zwei Frauen und fünf Männern liegen knapp 120 Seemeilen und leider auch eine stürmische Nacht mit meterhohen Wellen. Kein Spaß, aber auch machbar für die erfahrene Crew, die schon seit vielen Jahren gemeinsam segelt. Doch in dem Sturm brechen plötzlich alte Konflikte auf. Aus der Urlaubsfahrt wird ein Horrortrip – und dann fehlt plötzlich auch noch jemand an Bord.

MICHAEL
WIRBITZKY

ACHT,
ROMAN IN BÖEN
NEUN

aufbau taschenbuch

MIX
Papier aus verantwor-
tungsvollen Quellen
FSC® C083411

ISBN 978-3-7466-3894-2

Aufbau Taschenbuch ist eine Marke der
Aufbau Verlage GmbH & Co. KG

1. Auflage 2022
© Aufbau Verlage GmbH & Co. KG, Berlin 2022
Umschlaggestaltung und Motiv
www.buerosued.de, München
Satz LVD GmbH, Berlin
Druck und Binden CPI books GmbH, Leck, Germany
Printed in Germany

www.aufbau-verlage.de

»Die Leidenschaften des Menschen sind wie der Wind für die Segelschiffe. Sie können ihn zerstören, aber ohne sie kann er nicht vorwärtskommen.«

Voltaire

Tom

Ich weiß auf jeden Fall, dass es heiß war. Da hilft's auch nicht, wenn du am Wasser bist. Wenn im Hafen kein Wind geht, kann man es mittags an Deck kaum aushalten. Und unten schon gar nicht. Stickig ist es da, es riecht nach verschwitzten Laken, nassen Handtüchern, kaputter Toilette. Und nach ungespülten Töpfen. Lutz war dran mit Spülen, aber der hat sich gedrückt. Macht der immer so, bis Mona oder Lydia wieder vom Ekel überwältigt werden und ihm den Job abnehmen. Oder Kinne. Der hatte als Einziger den Schlafsack zum Lüften über den Großbaum gehängt, darunter seine dunkelblauen Docksteps. In jedem Schuh ein Zedernholzsäckchen, von wegen Schweißfüße und so. Kinne halt. Dann war er zur Festung hochgelaufen. In *der* Hitze! Von oben hat man den besten Blick über die ganze Bucht, meinte er. War mir egal, ich hatte einen ziemlichen Schädel. Eigentlich hatte ich die Nacht davor überhaupt keine Lust zu trinken, aber dann war's doch wieder vier Uhr, bis wir zurück auf dem Boot waren. Und nach vier Stunden war ich wieder wach. Das ist bei mir immer so, wenn ich zu viel hatte. Ich weiß auch noch, dass ich kolossal genervt war. Ich wollte mir kaltes Wasser über den Kopf laufen lassen, aber Lydia stand seit gefühlten zwei Stunden hinten an der Badeleiter und brauste sich mit der Heckdusche ab. Die brauchte das einfach. Bevor ihr nicht jeder Kerl von den anderen Booten beim Duschen auf den Arsch geguckt hatte, konnte sie nicht aufhören. Ja, schöner Arsch, aber wir waren da ja schon fast zwei Wochen unterwegs ... Ich hatte ehrlich gesagt genug von ihrer Solo-Show. Heißt jetzt aber nix. Sieben Leute auf so nem Kahn, das ist nicht einfach. Da können 14 Tage eine Ewigkeit werden.

Was?

Ich hab keine Ahnung, warum es hintenraus noch knapp wurde. Freitagabend mussten wir das Boot zurückgeben, das war klar. Inzwischen war schon Donnerstag, und wir waren immer noch auf Korsika. Wir mussten also irgendwann mal los, aber Mike hatte noch keine Ansage gemacht. Er wollte kurz zur Hafenmeisterei, war dann jedoch ewig nicht zurückgekommen. War so gegen vier – glaub ich –, als er endlich den Steg entlang-geschlappt kam. In der Hand hatte er den Wetterbericht ...

Lydia

Bonjour, ihr Süßen!

Da staunt ihr! Ganz old-school eine Postkarte! Wahrscheinlich bin ich vorher wieder zurück, aber ich wollte euch unbedingt noch neidisch machen. Das vorne drauf unter dem strahlend blauen Himmel ist Calvi, rechts unter der Festung der Yachthafen. Da räkel ich mich gerade in der Sonne. Die Segelei ist ganz lustig, manchmal auch ein bisschen öde. Liegt auch daran, dass wir ein paar üble Spaßbremsen an Bord haben. Und was Lutz angeht, hattet ihr recht. Mehr dann nächste Woche. Wir sehen uns am Kopierer: Ich bring französische Kekse mit ...

Bisous, Lydia

Mike

War nicht meine Schuld, dass wir so spät dran waren. Na ja ... doch ... ja ... bisschen schon. Wir lagen einfach zu lang in dieser Bucht ... Ficaghjola. Warum? Warum. Weil's schön war. So ne Wetterlage gibt's da nicht so oft. Normalerweise steht im September oft ein strammer Wind auf der Westküste. Das ist zwar die schönere Seite von Korsika, aber du hast dann kaum Ankerplätze. Schon gar nicht für ne 50-Fuß-Yacht. Doch da passte einfach alles. Wir lagen perfekt in der Abdeckung, kein Schwell, warmes Wasser, glasklar, Strand, Felsen ... kaum Wind ... geht nicht besser.

Was?

Schwell?

Na, so Geschaukel halt. Wenn das Meer unruhig ist. War aber nicht.

Klar. Natürlich wusste ich, dass wir Mistral kriegen würden. Ich bin der Skipper, ist mein Job, das Wetter zu checken. Ich hab zwei verschiedene Wetter-Apps, und im Hafen gibt's immer noch ne lokale Vorhersage, aber da waren wir ja nicht. Wollten wir auch nicht. War so schön da vor Anker. Wollte da auch gar nicht weg. Das stimmt schon. Ich wusste ja, was mich zuhause erwartet. Läuft nicht gerade rund. Damals nicht ... und jetzt auch nicht. Klar ... wenn wir einen Tag früher in Calvi gewesen wären und dann eben auch eine Nacht früher die Überfahrt ... wenn, hätte, könnte ... war aber nicht. Hilft ja nix.

Kinne

Mit denen geh ich nie wieder auf ein Boot. Ja, jetzt ja sowieso nicht mehr, aber mir hatte es in Ajaccio schon gereicht. Die erste Woche war noch ganz nett, aber dann ... Ehrlich ... ich trink auch gern mal einen ... auch mal einen zu viel ... aber die zweite Woche war eigentlich nur noch Absturz. Mona war komplett im Nebel, die ist ja immer die Erste, die das Glas hinhält. Lutz hat auch nur noch genervt mit seiner ewigen Champagner-Poserei. Hat sogar sein Häschen nur noch mit Alkohol ausgehalten ... Vielleicht war ja auch das der Grund. Geht mich nix an. Ich hab damit nix zu tun. Gar nichts. Müssen Sie mir nicht glauben, das ist so.

Mann, ich wollte was sehen auf diesem Törn! Korsika ist zum Blindwerden schön! Wo sonst kannst du von Bord springen, und dann geht's praktisch in direkter Linie hoch. Eichenwälder, Macchia, Kräuter, Gerüche,

Raubvögel ... Felsen, und auf dem Gipfel dann das tiefblaue Meer steil unter dir. Echt atemberaubend. Gerade die Westküste ... ein totaler Traum. Aber dafür muss man halt auch mal früh aufstehen und nicht immer erst mittags völlig zerstört aus dem Schlafsack kriechen. In der ganzen Zeit haben wir tatsächlich nur ein einziges Mal zusammen eine Wanderung gemacht. Auf den Capu d'Orto. Superschön, aber hinter mir viereinhalb Stunden Maulerei ... echt ... Kindergarten. Das brauch ich nicht mehr.

Was?

Calvi?

Da war's doch genauso. Wenigstens lagen wir am Steg und nicht vor Anker. Da konnte ich schnell von Bord. Hoch zur Zitadelle. Waren Sie mal da oben? Columbus ist da angeblich geboren. Ja, ich weiß, das heißt nix. Ich kenne mindestens fünf Orte, an denen Columbus geboren ist. In vier war ich schon. Es gibt auch drei oder vier Orte, an denen er zum letzten Mal auf europäischem Boden war, bevor er nach Amerika aufgebrochen ist. Es gibt übrigens auch mindestens sechs Orte, an denen Hemingway angeblich ›Der alte Mann und das Meer‹ geschrieben hat.

Das wär mal ne tolle Buchreihe: Die zehn Orte, an denen ... Wie bitte?

Die Stimmung in Calvi?

Auf unserem Boot?

Wie immer, würde ich sagen. Es ging ja dem Ende entgegen. Wir mussten noch rüber nach Antibes und da dann das Boot abgeben. Carl, Mona und ich hatten einen Flug ab Nizza. Mike wollte Tom im Auto mitnehmen und Lutz war mit seinem alten Mustang da. Der steht immer noch am Hafen. Wie geht's denn jetzt überhaupt weiter?

Mona

Noch mal ganz von vorne anfangen?

O nee, da müsste ich jetzt echt weit ausholen. Wir segeln ja schon ewig in dieser Zusammensetzung. Also mehr oder weniger. Im Prinzip sind wir fast ein Dutzend Leute, kennen uns seit über 20 Jahren. Zum Teil aus dem Job, zum Teil auch einfach so. Freunde halt. Kollegen. Mike schickt dann immer ne Mail, so was wie »Hey, ihr Nasskappen, wir wär's im September mal wieder mit segeln, 14. bis 28.9. Korsika. Wer keine Ausrede hat, ist dabei«. Und je nachdem, wie es gerade passt mit dem Job oder der Family oder anderen Sachen, sagen dann Leute zu. Mal fünf ... mal sechs ... mal neun ... Oder wie diesmal halt sieben. Und dann erst wird das Boot gechartert. Also für die entsprechende Anzahl. Muss ja passen. Diesmal war's echt Luxus. 50 Fuß. Und dann nur zu siebt.

Was?

50 Fuß?

Das sind ... über 15 Meter. Das ist echt amt-
lich. Für sieben reichen auch 43 Fuß oder
noch weniger. Kommt drauf an, wie die Auf-
teilung ist. Unter Deck ... also wie viele Kojen,
wie viele Kabinen. Will ja auch nicht jeder
mit jedem in ne Doppelkabine. Wobei ... Beim
Segeln darfst du nicht empfindlich sein. Spätestens nach ner Woche gibt's keine Geheim-
nisse mehr, da steht irgendwie jeder mal
nackt da. Im übertragenen Sinne und im
wörtlichen auch. War auch nie ein Problem
in dieser Crew. Im Gegenteil. Weil wir uns ja
alle so lange kennen, weiß ja auch jeder, welche Macken der oder die andere hat. Das ist
total wichtig, wenn so ein Haufen Irrer tagelang zusammenhockt. Da wird's schnell zu
eng. Nicht umsonst hat's auf Atlantiküberquerungen schon Tote ... Meinen Sie, ich
kann mal eine rauchen?

Na gut, dann später. Ich hab aber sowieso
nichts mehr zu sagen. Bin irgendwie leer.
Was wollen Sie denn noch wissen?

Lydia?

Ja ... Nee, die zum ersten Mal. Da haben Sie
recht. Ist aber normal, weil Lutz noch nie
zweimal mit derselben Frau dabei war. Der
wird nicht erwachsen. Hat auch immer so ne

Pseudo-Jugendsprache. Und seine Freundinnen sehen auch aus wie geklont. Immer dasselbe blonde Pferdeschwanz-Modell. Immer so Ende 20 ... und wenn sie dann nach ner Zeit anfangen zu fragen, was vielleicht mal mit Kindern oder heiraten ist ... Nächste bitte.

Er?

48 ... 49 ... also knapp unter 50, glaub ich. Bisschen peinlich, dass ich das nicht genau weiß, aber er ist auch eher mit Tom befreundet. Die kennen sich schon aus der Grundschule. Gibt's ja auch nicht oft. Tom kannte Lydia sogar zuerst. Ist eine Arbeitskollegin von seiner Frau. Vielleicht war er deshalb nicht so begeistert, als Lutz gefragt hat, ob er sie mit auf den Törn nehmen kann ...

Wieso?

Keine Ahnung. Vielleicht irre ich mich auch. Fragen Sie ihn doch selber. Kann vielleicht sein, dass er Angst hatte, die ganze Zeit beobachtet zu werden. So n Segelurlaub ist ja auch ein Stück Freiheit. Für Tom glaub ich noch mehr als für andere ... Sein Lieblingssatz ist immmer »What happens onboard, stays onboard«. Wie dieser doofe Las-Vegas-Satz.

Ich würde jetzt wirklich gern mal ne Pause machen.

Lutz

Campomoro war nice. Wirklich. Weiß gar nicht, warum Sie fragen. Einfach nur schön. Wie Karibik. Der Anker war noch nicht mal fest, da waren wir alle schon im Wasser. Arschbombe deluxe! Also alle stimmt nicht ganz. Mike war noch am Ruder. Bevor der Anker nicht wirklich packt, macht der keinen Scheiß. Ist okay so, Mike ist der Skipper, und wenn der eins zur Zeit nicht brauchen kann, dann ist es ein kaputter Kahn und ne verlorene Kaution.

Carl ist dann auch gleich runter mit der Taucherbrille, um zu gucken, ob das Ding hält. Tauchen kann der ja, drahtiger Typ, voll der Kampfschwimmer. Ich sag immer, der Carl ist im Wasser besser aufgehoben als an Land.

Wieso?

Ach, nur so n Spruch. Der ist ja schon unser kleiner Autist. Und so n elendes Sparbrötchen. Einen gibt's ja immer auf so nem

Boot, der fragt, warum du die Mortadella da vorne gekauft hast und nicht acht Kilometer weiter im nächsten Ort, obwohl die da 50 Cent billiger ist. So was kann dir echt den ganzen Törn verleiden, aber solange du nur einen Einzigen von der Sorte dabeihast, geht's. Ansonsten ist er auch okay. Und kann super kochen. Wenn Tom und er was zaubern ... echt delicious. Kann nicht schaden auf so nem Boot.

In Campomoro gab's Scampi, Berge von Scampi. Das weiß ich noch. War Ende der ersten Woche, und Ly konnte endlich mal wieder was essen. Die Arme hatte ja bis dahin nur gekotzt. So n Boot kann die Hölle sein, wenn du seekrank wirst.

Darf ich Sie auch mal was fragen? Warum wollen Sie eigentlich so genau wissen, was in Campomoro war? Die ganze Scheiße ist doch erst ne Woche später passiert. Wir hatten Sturm, Mann! Mitten in der Nacht. Was hat denn das mit Campomoro zu tun? Was läuft hier eigentlich?

Carl

Wir verstehen uns gut. Warum sollten wir sonst zusammen segeln? Wir machen das ja schon seit ... 23 Jahren. Ich hätte gar keine Lust, mit einer anderen Crew unterwegs zu sein. Auf so Charter-Törns, wo man sich nur mit ner Koje einkauft ... Das hab ich früher mal gemacht. Gibt meistens Ärger. Wenn du zum Beispiel gleich mehrere an Bord hast, die sich für große Seefahrer halten ... Halleluja, dann gibt's ständig Diskussionen. Sie müssen sich nur mal an ne Hafenmauer setzen und auf die Segler achten, die abends reinkommen. Wenn da an Deck ein einziges Gerenne und Gebrülle ist, dann wissen Sie, was ich meine. So ein Anlegemanöver, wo ständig Leute mit Bootshaken, Fendern und Leinen von vorne nach hinten rennen ... wo sie sich anschnauzen und am Ende vier Anläufe brauchen, um an den Steg zu kommen ... Das sind solche Crews.

»Auf jedem Schiff, das dampft und segelt, gibt's einen, der die Dinge regelt.«

Ich glaub an den Satz. Bei uns ist das Mike. Der hat die Erfahrung. Und die Ruhe weg. Also eigentlich.

An Bord ist Mike der Chef. Da hält sogar Lutz die Klappe. Der kann auf dicke Hose machen, wie er will, wenn Mike sagt: »Steig mal in den Ankerkasten«, dann macht er das. Vom Segeln hat er sowieso keine Ahnung. Besser wär's allerdings. Dann müsste er nicht ständig teures Zeug anschleppen, um seine wechselnden Freundinnen zu beeindrucken. Das nervt manchmal, aber im Ernst: Es gibt Schlimmere, viel Schlimmere.

Wer Ahnung hat?

Also außer Mike – logisch, der lebt ja vom Segeln – eigentlich nur Tom und Kinne. Die haben auch irgendeinen Segelschein. Alle anderen sind eigentlich nur so dabei. Obwohl ... Ja doch, Mona weiß auch, wo sie anpacken muss, wenn Mike ne Ansage macht. Also insgesamt genug Leute, die sich auskennen. So Einhandsegler schaffen es schließlich auch ganz allein, um die Welt zu kommen. Die werden auch wissen, warum sie niemanden dabeihaben. Nirgendwo kann's zwischen Menschen so schnell schiefgehen wie auf einem Boot. Kein Wunder, dass es auf Atlantiküberquerungen schon ...

Was?

Das haben Sie schon mal gehört? Na, dann wird's wohl stimmen.

Tom

»Hallo, Rosinchen, ich bin das ... Nein, immer noch in Nizza. Was? – Allerdings! Ich find's auch zum Kotzen. Keine Ahnung, wann ich hier wegkann. Nein ... keine Auskunft ... nix. Hocke auf dem Zimmer und glotz an die Decke. Ich müsste auch dringend mal waschen. Hab natürlich nach zwei Wochen nur versiffte Sachen im Seesack ... Ja ... Ach du, das ist alles eine Riesenscheiße ... Oh, es klopft an der Tür. Nächste Runde. Ich ruf dich später noch mal an. Dicken Kuss für die Mäuse.«

Tom

Genau weiß ich's nicht, wann wir endlich in Calvi los sind. Die Sonne stand schon ziemlich tief, war aber noch da. Wann geht die denn unter zur Zeit? Halb acht? Ja, gut, dann war's vielleicht halb sieben. Sie haben doch das Boot. Vielleicht kann man das auslesen ... aus dem GPS-Plotter. Ist das denn so wichtig? Der Wind war jedenfalls nicht doll, knapp drei Windstärken vielleicht. Von Mistral oder Tramuntane keine Spur. An Backbord hatten wir einen hammer Sonnenuntergang. Unglaublich. Richtig dicke rote Orange. Da müssen Sie nicht nach Capri für.

Unter Deck wurden endlich die dreckigen Töpfe gespült und im Schapp verstaut. Damit nix rumfliegt unterwegs. Lutz stand im Niedergang und wedelte mal wieder mit zwei Flaschen Chateau Dingsbums, die er angeblich bis zum Schluss aufbewahrt hat. Mike hat ihn direkt zurückgeschickt. »Leute, das ist eine ernstzunehmende Überfahrt«, hat er gesagt. »Weiß jeder, wo er seinen Lifebelt und seine Schwimmweste hat?«

Was? Lifebelt?

Das ist so n Gurt, extrem reißfest. Sieht ein bisschen aus wie die Dinger, die Kletterer haben. Das Einsteigen ist eine Wissenschaft für sich, gibt da verschiedene Systeme ... alle Kacke. Am Anfang vom Törn kriegt jeder seinen Lifebelt und seine Weste, und der Gurt muss dann auch mal angelegt und eingestellt werden ... mit so Schnallen und Laschen. Und vornedran ist die lifeline ein loses Ende mit zwei Karabinern dran. Wenn's also bei Sturm richtig abgeht und man muss trotzdem auf dem Vorschiff irgendwas machen – Segel reffen oder so –, dann kann man sich mit den Karabinern einhaken und hat die Hände frei. Ehrlich gesagt hab ich so ein Ding in all den Jahren vielleicht zehnmal angehabt. Wir sind ja mehr die Schönwetter-Segler ... schön abends mit nem Weinchen an Deck ... morgens erstmal zum Schwimmen über die Reling springen ... Das ist unser Ding. Und so richtig lange Schläge machen wir nur, wenn du dich nicht zwölf Stunden lang durch Drei-Meter-Wellen kämpfen musst. Andererseits ... beim Segeln kann's dich immer erwischen. Wir sind mal im Frühsommer bei Le Lavandou, das ist da bei St. Tropez in der Nähe, in ein derart übles Unwetter gekommen, da stand nach kurzer Zeit der Hagel knöchelhoch an Deck ... im Sommer! Innerhalb von Minuten ist es da eiskalt geworden, und du hast die Hand nicht mehr vor Augen gesehen. Bei Carl liefen sogar ein paar Tränen. Das war, als würde dir jemand Nägel und Reißzwecken ins Gesicht schleudern. Da kriegst du echt Respekt. Das Meer ist kein Freund. Es ist auch kein Feind. Es ist ... stärker als du.

Mike

Natürlich hatte ich es im Griff! Hören Sie mal, ich habe wirklich schon andere Sachen gemacht. Ich mache seit Jahren die komplette Ausbildung! Alle Kurse ... alle Scheine! Ich organisiere riesige Regatten ... Segelreisen ... Ich hab selber schon dreimal Yachten von den Kanaren in die Karibik überführt ... durch alle Wetter ... Es gibt Jahre, da bin ich mehr auf dem Boot als zuhause. Was wollen Sie mir hier eigentlich unterstellen?

Es war alles ganz normal! Klar, wusste ich, dass der Wind auffrischen würde. Mir war auch klar, dass wir Böen bis acht oder neun Windstärken kriegen würden. Das ist nicht toll, aber jetzt auch kein Weltuntergang! Wir waren genug Leute zum Anpacken, und das Boot hatte zwei Wochen lang nicht die geringsten Schwierigkeiten gemacht. Und wenn ich frage, ob jeder seinen Lifebelt und seine Schwimmweste griffbereit hat, dann geh ich davon aus, dass das auch so ist. Ist ja kein Kindergarten.

Mona

Mike war angespannt. Ist den anderen vielleicht nicht so aufgefallen, aber glauben Sie
mir, ich kenne ihn besser als die.

Wieso?

Ach, das ist eine andere Geschichte. Jedenfalls hatte er gefragt, ob wir alle unseren
Kram bereithaben ... Schwimmweste, Öl-
jacke und so ... und da musste ich ehrlich gesagt erstmal suchen. Lifebelt war unter meiner Schmutzwäsche, in so nem Stauraum
neben meiner Koje. Ist ja irre wenig Platz auf
einem Boot, jeder stopft sein Zeug in irgendwelche Nischen. Spätestens nach ner Woche
findet keiner mehr irgendwas: Sonnenbrille,
Handy, Flipflops, Handtuch, Ladegerät, Son-
nenmilch, Käppi, Windbreaker ... alles irgendwo. Ist normal. Jedenfalls hat Tom noch
blöd gegrinst. Als ich den Gurt ganz unten
rausgekramt hatte und noch mal checken
wollte, wie man den anzieht, hing noch ein
Höschen von mir dran. So ein String. Rot.

Hinten nix und vorne nur ein bisschen Spitze und an ...

Was?

Ja, Entschuldigung! Sie wollen doch auch sonst alles wissen.

Kinne

Mike war angespannt. Ist den anderen vielleicht nicht so aufgefallen, aber glauben Sie mir, ich kenne ihn. Der ist sonst so ruhig, aber als Lutz gerade mal wieder hochwollte mit irgendeinem Fünfzig-Euro-Chateau-Pompös, hat er ihn ziemlich angeranzt. Er soll jetzt erstmal sein Zeug bereitlegen. Und Lydia auch. Wo die überhaupt wär. Er hätte schließlich gesagt, es sollen alle mal an Deck kommen. Lutz hat nur blöd geguckt und ist in seiner Kabine verschwunden. Von Lydia war gar nix zu sehen. Die hatte sich auch am Abend vorher derartig abgeschossen, noch beim Ablegen war sie grün im Gesicht.

Nicht gerade die optimale Vorbereitung für so ne Nachtfahrt. Wir wussten ja inzwischen, dass es anfangen würde zu blasen. Im Grunde hatten wir bisher auch ungewöhnlich viel Glück gehabt. Korsika ist durchaus anspruchsvoll. Nicht nur wegen der zerklüfteten Küste. Im Sommer ist es ruhig, aber

Frühjahr und Herbst, da hast du es gleich mit mehreren Winden zu tun. Gibt insgesamt sieben, glaub ich. Libeccio aus Südwesten, dann Ponente, der kommt von den Pyrenäen rüber, Levante gibt's auch, Tramontane, Scirocco, Gregale und dann ... klar, der Mistral von Nordwesten. Der war vor allem für uns doof, weil genau dahin mussten wir ja.

Und im Gegensatz zum Libeccio, der ...

Was?

Nein, sorry. Ich will Ihnen keinen Vortrag halten. Will nur sagen, dass man sich natürlich damit beschäftigen muss. Von Calvi rüber zum Festland sind es so 120 Seemeilen, das ist was anderes, als wenn man sich jeden Tag nur so von Bucht zu Bucht hangelt. Da sollte ...

Bitte?

Äh ... ungefähr 220 Kilometer. Ich finde, für jemanden, der in einer Stadt am Meer arbeitet, kennen Sie sich ja erstaunlich wenig aus mit so maritimen Sachen. Na ja, geht mich auch nix an. Also, was wollen Sie noch wissen?

Lutz

Mike war ungechillt. Ist den anderen auch aufgefallen. Hey, ich bin mehr der Typ, der den Moment mitnimmt! Wir waren gerade aus Calvi raus und segelten direkt in einen hammer Sonnenuntergang! Da dacht ich, uns würde ein Schlückchen guttun. Ich hatte nämlich noch zwei Flaschen 2003er ...

Was?

Ach, wissen Sie schon! Na jedenfalls mussten wir dann alle irgendwann an Deck strammstehen, weil Mike ne Ansage machen wollte. Das ist schon okay. Er ist an Bord der Babo. Da halt ich mich raus. Aber wenn Sie mal was da oben ... an Ihren Schlupflidern machen wollen, dann kommen Sie besser zu mir.

Lydia?

Nee, die ist unten geblieben. Ging ihr nicht so gut. War ein bisschen viel Party am letzten Abend in Calvi. Ich hab noch gesagt: »Jetzt ist mal gut mit Drinks!«

Wieso?

So halt ... Ja, ich kann's Ihnen ruhig sagen ... Wenn Sie die anderen auch so aus-
quetschen wie mich, dann werden Sie ja sowieso was Ähnliches hören. Ly und ich hatten
da jetzt nicht unsere allerbeste Zeit. Die erste
Woche hat sie nur gekotzt. Und danach lief's
auch nicht wirklich rund. Also nix Großes
jetzt, wir hatten auch Spaß ... aber manchmal
eben auch nicht.

Warum?

Ach, Kleinkram ... echt nicht der Rede wert.
Ich wollt's Ihnen auch gar nicht erzählen. Is
ja klar, was Sie jetzt denken. Is aber bullshit.
Is überhaupt alles shit ...

Carl

Okay ... Ja, ich habe mitgekriegt, wie sie sich gestritten haben.

Und wennschon!

Ja, in Campomoro. Kurz nachdem Lydia wieder an Bord war. Tom hatte sie mit dem Dinghi an Land gebracht. Zum Shoppen! In Campomoro! Da ist überhaupt nix! Drei Restaurants und ein paar Trash-Läden mit Plastikspielzeug und Sonnenschirmen. Aber sie wollte unbedingt an Land. Und nachher unter Deck wurde es dann kurz laut. Also nicht wirklich. Du verstehst ja jedes Wort auf dem Boot, die Wände sind dünn wie Pappe. Aber hinter der Kabinentür haben sie sich ordentlich angezischt. Ganz aggressiv. Ich war ja nicht weit weg.

Ich stand in der Pantry und hab den Knoblauch geschält für die Scampi. Wir hatten Unmengen Scampi. Ganz frisch. Das war ein echtes Fest, und ich hab die in der großen Pfanne nur ganz ...

Wie bitte?

Nein! Ich weiß nicht, worüber die gestritten haben. So was geht mich auch nichts an. War auf jeden Fall eher kurz und heftig. Irgendwann flog die Tür auf, und Lydia kam, um sich erstmal einen riesigen Gin Tonic zu machen. So völlig überdreht fröhlich. Nicht echt. Schminke war auch ein bisschen verlaufen ... unterm Auge.

Wo ich das jetzt so sage ... Das ist mir noch nie aufgefallen. Schminken sich Frauen auf einem Segelboot? Das ist ja eigentlich totaler Quatsch mit dem ganzen Salzwasser und Hitze und so ... machen die aber, oder?

Mike

Hat ein bisschen gedauert, bis alle an Deck waren. Die Sonne war schon fast weg. Lydia schlief wohl, war auch nicht so wichtig. Ich hab dann Ruderwachen eingeteilt. Immer zu zweit. Jeweils drei Stunden.

Warum?

Na ja, es waren ja da schon alle müde. Der Abend in Calvi war ein bisschen ... lang. Das haben Ihnen ja wahrscheinlich auch die anderen erzählt. Und der Tag im Hafen war dann zusätzlich auch noch bullenheiß. Wenn du dann abends ablegst, dann können nicht alle gemütlich an Deck noch ein Bier trinken und dann ab in die Koje. Wer steht denn dann am Ruder? Wer bestimmt den Kurs? Wer bedient die Segel? Wer hält Ausschau? Eben. Also gibt's Ruderwachen. Bei den großen Ozeanfahrten brauchst du die rund um die Uhr. Tag und Nacht gibt's da quasi nicht. Die Einteilung war: Tom mit Mona, Kinne mit Carl, Lutz mit mir. Bei jedem Pärchen min-

destens einer, der's kann. Kinne wollte anfangen, war mir recht. Ich bin direkt nach
unten und hab vorher noch mal den Kurs gecheckt. Der Plan war ... erst ein gutes Stück
nach Nordwesten, um dann später am Wind
möglichst lang auf einem Bug Richtung Norden segeln. Also, stellen Sie sich das so vor:
Mein linker Arm ist die Windrichtung, und
wir sind jetzt hier rechts der Ellenbogen und
segeln nach hier oben, ohne dass wir ...

Wie bitte?

Dachte, das interessiert Sie. Ich kann's
Ihnen auch aufzeichnen. Haben Sie irgendwo
Papier und einen Stift? Glauben Sie mir, dann
kapiert man besser, was passiert ist.

Lydia

»Hallo, Anne, Süße! Ganz schnell ne Sprachnachricht. Ich bin in Campo... Äh ... auf Korsika. Wir tuckern hier gerade mit unserem Boot aus der Bucht raus, und ich hab gleich kein Netz mehr. Wahrscheinlich auch die nächsten zwei Tage nicht. Hier alles prima so weit, aber du müsstest mir einen Gefallen tun, bitte! Weißt du, ob die Praxis von Dr. Banerjee zu ist im Moment? Ich erreich da niemanden, und auf meine Mail antwortet auch keiner. Das ist doch bei dir um die Ecke, vielleicht könntest du mal nachschauen? Wenn du da jemanden erwischst, dann könntest du mir gleich für übernächste Woche einen Termin machen. Ich kann immer ab 16.30 Uhr. Geht das? Ist auch nix Schlimmes, aber ich krieg das von hier aus nicht hin. Wür ... du ... as tun? ... u ... is ... Beste ... ... ck dir ei ... Kuss ... ... ächste Woche ... A ...«

Mona

Toll. Sie haben ihr Handy sichergestellt. Und nu? Ich nehme mal an, dass das nicht weiter schwierig war. Lag in ihrer Koje, hab ich recht? Meins haben Sie ja auch. Und dann vermutlich auch die von den anderen. Und jetzt? Was machen Sie damit? Gebraucht-markt? Kleiner Nebenverdienst? Oh, là, là ... Ich weiß ja nicht ...

Hey! Schon gut ... ganz ruhig. Ja. Ich ... Ja, ich weiß, dass das hier kein Spaß ist! Was glauben Sie eigentlich? Wir sitzen hier seit drei Tagen fest. Für uns ist das doch auch alles furchtbar! Und *nein*, ich kenne ihren Code nicht! Vermutlich auch sonst keiner. Wissen *Ihre* Freunde Ihren Code? Na eben. Außerdem haben Sie doch bestimmt so ei-nen ... Hacker-Freak, so einen, der alles kna-cken kann, der 24 Stunden lang auf den Bild-schirm starrt und auf nem Stapel leerer Pizza-Kartons sitzt. Im Film gibt's immer so einen.

Was?

Ist kein Film? Ja, danke, weiß ich selbst.
Glauben Sie mir, ich wünschte, es wäre einer.

Carl

Nein, ich weiß den Code für ihr Telefon nicht. Woher denn? Ich hab Lydia auf diesem Törn das allererste Mal gesehen. Aber wenn Sie mir meinen Rechner und mein Handy wiedergeben, dann knack ich Ihnen das Ding.

Verstehe. Aber ich könnte es. Ich bin selber ITler. Ich kann noch ganz andere Sachen.

Wie bitte?

In einer Art Agentur für digitale Kommunikation. Wir machen alles Mögliche. Nehmen wir zum Beispiel so ne TV-Show, bei der sich junge Mädchen als Models bewerben. Geht über mehrere Wochen. Ich weiß nicht, wie das Format hier bei Ihnen heißt. Jedenfalls läuft da ja nebenher viel über Social Media ... Insta, Facebook, Whatsapp und so Zeug. Ist auch für den Sender wichtig. Und dann wenden die sich an uns. Wir ... moderieren ... sozusagen die Chats.

Was das heißt?

Na ja, wir greifen ein, wenn so n Chat komplett in die falsche Richtung geht. Nehmen wir an, unter den Mädchen ist eine, die polarisiert. Die vom Sender würden sagen »ne Bitch«. Das finden die super, bringt nämlich Quote. Andererseits wollen sie auch, dass das nicht aus dem Ruder läuft. Also greifen wir ein in die Chats, löschen auch, aber nur, wo es gar nicht anders geht. Wir steuern eher mit eigenen Posts dagegen. Unbemerkt. Läuft zum Teil über Fake-Profile. Das ist zwar nicht ganz okay – weiß ich selber –, aber anders geht das nicht. Glauben Sie mir, die Welt ist voller Hass. Echt schlimm ist das. Und manchmal denke ich, das Netz bringt vor allem die negativen Seiten ans Licht. Der Mensch ist dem Menschen ein Wolf, da ist schon was dran an dem Satz. Das klingt jetzt vielleicht komisch für Sie, aber ich verbringe eigentlich lieber Zeit mit dem Computer als mit Menschen. Den Rechner kann ich abschalten. Insofern sind so sieben Leute auf einem Boot jedes Mal eine echte Prüfung für mich. Und wenn ich die nicht alle schon so lange kennen würde, würde ich das auch nicht machen. Ich lieb halt das Meer. Und ich tauche gerne.

Wie bitte?

»Kleiner Autist?« Wer hat das gesagt? Wahrscheinlich Lutz. Oder? Obwohl ... würde auch zu Tom passen. Der ist in der Tat anders. Tom kriegt auch in der analogen Welt alles, was er braucht.

Was das heißt?

Nix heißt das. Mann, jetzt legen Sie doch nicht jedes Wort auf die Goldwaage! Wissen Sie, wie lange wir hier schon festhängen? Na eben.

Tom

Nachdem Mike nach unten gegangen war, wurde es dann auch ziemlich schnell dunkel. Eigentlich war das toll. Nachts da draußen zu sein ist der Hammer, vor allem, wenn du wirklich segeln kannst. Unter Motor ist es nämlich die Hölle. So war's ja auf dem Hinweg. Rüber nach Korsika. Null Wind. Endlose Stunden das Motorgedröhne. In den Schapps rappeln die Tassen und Teller, Türen klappern, es stinkt nach Diesel, und es gibt keinen Winkel auf dem Boot, wo es auch nur ein bisschen leiser ist. An Deck hält man's dann noch am besten aus.

Eine Segelyacht ist nun mal fürs Segeln gemacht. Der Motor ist immer nur ne Krücke. Der auf unserem Boot hatte gerade mal so 75 PS. Für so ne Riesenyacht! Das ist nix. Bei einem perfekten Törn, also mit optimalem Wind, da brauchst du den Motor eigentlich nur zum Ein- und Auslaufen in den Hafen. Sonst bleibt das Ding aus.

Weiter?

Ach so, ja. Also Mike war schon unten, wir anderen sind noch ein bisschen an Deck geblieben.

War so schön. Wir liefen fast sieben Knoten, der Wind war warm, und man konnte schon ahnen, dass es einen genialen Sternenhimmel ...

Bitte?

So ... 12 km/h sind das.

Wenig?

Vom Segeln haben Sie nicht viel Ahnung, oder? Sieben Knoten ist jedenfalls recht flott. Lutz ist dann glaub ich als Nächster nach unten, er wollte nach Lydia schauen. Außer ihrer Dusch-Performance auf dem Catwalk im Hafen hatte man ja an dem Tag noch nicht viel gesehen von ihr.

Irgendwann verschwand dann auch Mona. Wir beide hatten ja später die nächste Wache. Ich bin dann auch bald hinterher. Kinne war am Ruder. Er und Carl haben über den Druckausgleich beim Tauchen diskutiert und ob es dabei einen Unterschied macht, wenn man in Süßwasser oder Salzwasser taucht. Und ob der Druck für einen Taucher in einem Bergsee auf 2000 Meter Höhe anders ist als beispielsweise im Mittelmeer – so ein Zeug halt.

Wer er?

Ach so, der Druck. Keine Ahnung. Kinne liebt ja solche Diskussionen. Für mich sind die ein Schlafmittel erster Klasse. Wissen Sie, ich bin Journalist. Ich weiß nix. Aber wenn ich's brauche, weiß ich, wo ich's finde.

Na, auf jeden Fall hab ich mich dann auch nach unten verkrümelt. Wollte versuchen, ein bisschen zu dösen. Die verschiedenen Wettermodelle waren sich nicht ganz einig, wann genau der Wind zulegen würde, konnte aber sein, dass es schon bei meiner Wache losgeht.

Mike

»Hallo Sina ... Ach Mist, nur der Anrufbeantworter. Ich weiß, ist ne blöde Zeit ... bringst wahrscheinlich gerade Lukas zum Training. Aber ich kann mir das hier nicht aussuchen. Hör zu, vermutlich hast du schon x-mal versucht, mich auf dem Handy zu erreichen. Das bringt nix, die haben uns allen die Dinger abgenommen. Völliger Schwachsinn. Die lassen mich nur von diesem Apparat hier anrufen.

Ich hoffe, das ist hier bald vorbei. Ich denke, die zwei dringendsten Rechnungen kannst du Anfang der Woche überweisen. Ich hab ne Lösung, aber die müssen uns hier erstmal gehen lassen. Zahl dann bitte erst den Dachdecker. Der Depp hat mich regelrecht bedroht. Und dann erstmal 3000 an Croatia Charter ... Nicht vor Dienstag. Und dann rede bitte noch mal mit dem Gerichtsvollzieher ... Du kannst das besser als ich. Glaub mir, das wird alles wieder. Wirklich. Ich drück dich.«

Kinne

Nein, alles ganz normal. Wir haben ordentlich Fahrt gemacht. War schön. Carl und ich haben uns unterhalten. Ich kann ja mit ihm. Der ist echt ein Brain. Wir haben zum Beispiel eine Stunde lang über die Besonderheiten beim Druckausgleich unter Wasser geredet. Es ist nämlich ein Unterschied, ob man in 20 Meter Tiefe im Meer taucht oder in 20 Meter Tiefe in einem Bergsee, der 2000 Meter hoch liegt. Und ob es Süßwasser ist, oder salziges Meerwasser. Und Carl hat ...

Wie bitte?

In welchem Bergsee in 2000 Meter Höhe salziges Meerwasser ist?

Haha ... Ein Punkt für Sie! Sie haben Humor. Also das ist natürlich eine theoretische Betrachtung, und Carl vertrat die Ansicht ...

Was?

Ach, hat Tom schon erzählt? Na gut. Obwohl der gar nicht lang dabei war. Die anderen hatten sich schon vorher verabschiedet.

Mit denen kann man über so was auch nicht reden.

Mit Lutz zum Beispiel kannst du die ganze Zeit nur über irgendwelchen Luxuskram quatschen ... Austern, Sportwagen, Golfresorts, Armbanduhren ... Obwohl ... Armbanduhren ja nicht mehr so seit Ficaghjola. Okay, das war jetzt gemein.

Wieso?

Ach, hat er ihnen nicht erzählt, dass er beim Wasserball seine Daytona verloren hat? Seine Rolex? Na, wird er schon noch. Der lässt ja sonst keine Gelegenheit aus, über seinen Guck-mal-wie-teuer-Kram zu reden. So isser halt.

Mona

Ich war tatsächlich eingeschlafen. Obwohl es ja noch gar nicht spät war. Als wir dann mit der Wache dran waren, hat Carl mich geweckt. Geweckt ist gut! Ich weiß das deshalb so genau, weil er ziemlich aggro gegen die Kabinentür gehämmert hat. Hab ihn auch kurz angeschnauzt. Ob's nicht ein bisschen sanfter ginge. Und er hat sofort zurückgekachelt, dass ...

Wie bitte?

Nein. Es war nichts vorgefallen zwischen Carl und mir. Gar nichts. Ehrlich gesagt glaube ich, dass genau das sein Problem mit mir ist.

Warum?

Na, schauen Sie mich an! Bin ich etwa keine Sünde wert? Bin ich etwa nicht die Frau, von der Sie nachts träumen, während Sie neben Ihrer Frau liegen?

Bitte?

Sie sind nicht verheiratet? Na, dann ist der

Traum vielleicht sogar noch ein bisschen feu...

Schon gut!

Jetzt kommen Sie! Man wird ja wohl noch mal einen Spruch machen dürfen. Ist doch eh alles beschissen genug gerade. Außerdem hab ich auch einen Spiegel. Vor 20 Jahren hätten Sie vielleicht von mir geträumt. Ganz sicher sogar. Heute bin ich schön *und* schlau. »Brainsexy« sagt Tom immer ... Mag ich, den Ausdruck. Mit Betonung auf sexy natürlich. Schauen Sie mal hier zum Beispiel ... Dieser Schwung hier, ist der nicht genau so, wie er sein sollte? Ich ...

Ja, doch!

Ich lasse es. Ist ja gut! Sie sind echt ein harter Hund. Na klar, das ist Ihr Job. Den möchte ich auch nicht haben. Hier tagelang zu suchen, wo's gar nix zu finden gibt. Also: Was wollen Sie noch wissen?

Carl? Ja, steht auf mich. Schon lange. Hat auch immer wieder mal ein paar schüchterne Versuche gemacht. War aber nie was. Ist nichts. Und wird nie was sein. Warum? Muss man ja nicht groß erklären bei so was. Ist einfach nicht mein Fall. Nächste Frage.

Ich hab dann Tom geweckt. Der hatte das

Gehämmer nicht mal mitbekommen, lag regelrecht eingerollt an die Bordwand gedrückt. Der Wind hatte schon zugelegt, das
Wasser gurgelte am Rumpf, und wir hatten
ordentlich Krängung. Also hab ...

Krängung?

Ja, Schräglage. Wenn sie richtig Druck im
Segel haben und der Kahn sich auf die Seite
legt. Sagen Sie ... segeln oder Frauen, wovon
haben Sie weniger Ahnung?

Mike

Ich habe erstmal gar nichts mitgekriegt. Ich sag mal ... bis sieben Windstärken kann ich noch wunderbar pennen. Dann wird's wirklich ungemütlich. Ich hab vor ein paar Jahren Sydney–Hobart mitgemacht. Da hat's auch so geblasen. Über 600 Seemeilen. Irgendwann schläfst du.

Die anderen wussten ja auch: Wenn's irgendein Problem gibt, sollen sie mich wecken. Is ja klar. Hat auch immer funktioniert.

Was?

Ja, ich hatte eine Kabine für mich allein. Achterkabine. Steuerbord. Also hinten rechts.

Wie viele Kabinen?

Insgesamt vier. Immer mit zwei Kojen. Echt Luxus. Ich hatte eine Kabine für mich allein. Isso. Ich bin der Skipper. Der Skipper hat ne Einzelkabine. Also wenn's nicht anders geht, teilen wir das auch mal anders auf. Aber schauen Sie mich an: Ich bin 1 Meter 92 und auch nicht gerade schmal. Außerdem schnarche ich, dass die Wände wackeln. Mit mir will gar keiner in eine Kabine.

Die anderen?

Lutz und Lydia hatten die andere Achterkabine. Backbord. Und vorne dann zwei Bugkabinen. Kinne mit Carl steuerbord, wobei Kinne fast immer an Deck schläft, wenn das Wetter mitmacht. Und backbord dann Tom und Mona.

Zusammen?

Nein ... nein. Die sind nicht zusammen. Tom hat ne tolle Frau und zwei süße Töchter. Und Mona ... ist Mona. Tom kommt wohl am besten mit ihr klar. Die teilen oft ne Kabine, wenn wir viele sind. Sonst aber auch nicht.

Ich?

Doch ... ja ... doch, ich komm auch mit ihr klar. Wenn Sie's Ihnen nicht schon erzählt hat ... Mona und ich, wir waren mal zusammen. Schon lange her. Da hatte ich meine Firma noch gar nicht. Das Ende war nicht schön. Aber wir sind ... Freunde. Wieder. Mona kann so und so. Aber sie ist sehr okay.

Lutz

Nicht Ihr Ernst, oder? Dafür pfeifen Sie mich
noch mal ran? Wegen der Uhr? Wollen Sie
mich abfucken? Das Ding ist weg. Ende Ge-
lände. Ich hab gerade andere Sorgen.

Ja, Mann! Eine Rolex Daytona. Edelstahl,
weißes Zifferblatt. Der Klassiker. Gerade mal
drei Jahre alt.

Was die wert ist?

Na, Minimum 20.000 Ocken. Nein! Nicht
neu. Gebraucht! Die Preise sind explodiert in
den letzten Jahren. Neu kriegen Sie ja gar
keine. Kein Witz, auf ne Daytona müssen Sie
bis zu zehn Jahre warten. Die denken gar
nicht dran, mehr davon zu produzieren. Deshalb isses ja so cool, eine zu haben. Was haben
Sie denn für einen Wecker? Zeigen Sie mal!

Hm.

Ja, zeigt halt die Zeit an. Ganz nett. Wissen
Sie, ich wollte nie eine Uhr, die der Juwelier
nachts im Schaufenster lässt.

Wie bitte? Versichert?

Ja. Zum Glück. Ich hab ja auch noch andere. Ne schöne Nautilus von Patek, ne Royal Oak von AP in Gelbgold, eine limitierte Weißgold-Zenith aus den 70ern, und ich bin dran an einer Richard Mille, die ...

Was?

Ja, schon gut! Warum fragen Sie dann? Also. Versichert. Something else?

Wie das passiert ist?

Beim Wasserball. In der letzten Bucht vor Calvi ... Fickerola oder so. Fragen Sie Kinne, der weiß den Namen, der macht Ihnen auch sofort ne Zeichnung von der Bucht.

Drei gegen drei. Auf ein Tor. Das Tor war die Bordwand, so zwischen zwei Fendern, die von der Reling runterhingen.

Tom, Ly und ich gegen Kinne, Mike und Mona. Carl war im Tor. Wasserball ist scheißanstrengend. Wenn du keinen Boden unter den Füßen hast, bist du nach zehn Minuten total am Ende. Außerdem können wir das ja alle nicht richtig. Im Grunde war das immer ein einziges Gerangel um den Ball. Dabei ist dann wahrscheinlich auch irgendwann die Uhr flöten gegangen. Eigentlich passiert das nicht so leicht. Aber die Schließe war verbogen. Die Woche zuvor ... als wir aus Ajaccio

raus sind ... da bin ich beim Segelreffen hän-
gengeblieben mit dem Ding. Dachte eigentlich, ich hätte es wieder hingekriegt ... Shit
happens. Ist ja auch wirklich das kleinere
Problem ...

Carl

Klar, hab ich das mitgekriegt. Als wir aus dem Wasser raus sind, fing Lutz plötzlich an, seine blöde Uhr zu suchen. Erst hat er wohl gedacht, er hätte sie vor dem Wasserballmatch ausgezogen. Und Lydia war sich sicher, dass er sie vorher noch angehabt hat. Also alles abgesucht, nix gefunden. Das Ding war im Wasser. »Passt doch«, hat Mona noch gesagt. »Is ja ne Taucheruhr.« Da ist Lutz echt ausgeflippt. Wenn der sauer ist, kann der sich ganz schön im Ton vergreifen. Das hat dann wiederum Mike total angekotzt. Er soll doch bitte mal den Ball flachhalten, hat er Lutz angeschnauzt und gefragt, was so ne Uhr überhaupt wert sei, wenn er so ein Theater darum mache. Als Lutz ihm dann den Preis gesagt hat, ist der fast grün im Gesicht geworden. Dem fiel wirklich die Kinnlade runter ... So habe ich Mike noch nie gesehen.

Mona

Ach, die dämliche Rolex. Viel schlimmer fand ich, was da zwischen Mike und Lutz abging. Mike war völlig fassungslos, dass jemand eine Uhr für 20.000 Euro mit auf ein Segelboot nimmt. Nee, falsch ... eigentlich war er fassungslos, dass überhaupt jemand eine Uhr für 20.000 Euro hat. Auf jeden Fall hat er Lutz plötzlich angebrüllt, dass er seinen Ch-Chi-Scheiß demnächst zuhause lassen soll. Was das denn sollte. Ob er es wirklich nötig habe, vor seinen Freunden dauernd anzugeben. Das muss irgendwas bei ihm getriggert haben. Mike geriet richtig in Fahrt und ...

Was? Lutz?

Na, der hat zurückgekachelt. Und wie! Kann der auch. So richtig unter der Gürtellinie. Er könne ja auch nix dafür, dass Mike so ein armer Schlucker wär, der es sowieso nie zu irgendwas bringen würde. Er könnte ihm ja mal 20.000 Euro mitbringen, damit er wenigstens mal sieht, wie die aussehen ... und so weiter ... richtig fies.

Kinne

Was weiß denn ich? Bisschen viel Sonne nehme ich an. Tom ist dann dazwischen. So was macht der ja gut. Der blonde Sonnyboy mit zwei Bier in der Hand. Ich weiß nicht mehr genau, was er gesagt hat, aber auf ziemlich witzige Weise hat er klargemacht, dass der Altfreak mit den schwankenden Planken unter den Füßen ja sowieso nicht leben will wie der biegsame Immobilienentwickler mit dem Maserati und der Rolex. Und umgekehrt genauso. Was das also für ein völlig sinnloser Streit wär. Hat funktioniert. Die zwei sind sich jetzt nicht gerade um den Hals gefallen, aber die dunklen Wolken über unserem Kahn zogen wieder ab. Lutz hat dann noch irgendwas gemurmelt von Versicherung und nicht so schlimm, und dann hat er auch nie wieder davon gesprochen. Eigentlich ganz souverän ... andererseits auch wieder arrogant. So als wär's egal.

Carl

Klar haben wir noch mal nach der Uhr gesucht. Hat mich ehrlich gesagt ein bisschen
gewundert, dass Mike mitgemacht hat ... so
wie die sich vorher angebrüllt haben. Andererseits ... Mike und ich sind ja die Einzigen,
die wirklich tauchen können. Also haben wir
die Brillen angezogen und sind runter. Im-
merhin so fünf Meter. Tiefer ist es da zum
Glück nicht. War eigentlich auch klar, dass
wir nix finden würden. Zum einen ist Ficaghjola ne Sandbucht, zum anderen wussten
wir nicht mal, ob wir an der richtigen Stelle
suchen. Das Boot hängt ja nur am Anker und
dreht sich auch mal mit Wind und Strömung.

Mike

Ja, wir haben ne ganze Weile gesucht. Da war
aber nix.

Tom

Ich hatte tatsächlich ein bisschen geschlafen, als Mona mich geweckt hat. Eigentlich erstaunlich. Ich lag da wie ein zusammengerollter Teppich, schon mehr auf der Bordwand als auf der Matratze.

Wie bitte?

»Krängung« ... sehr gut! Aus Ihnen wird noch ein richtiger Seemann! An dem Gurgeln und Stampfen konnte man jedenfalls hören, dass der Wind draußen langsam ernst machte. Wenn Sie so gemütlich in ihrem Schlafsack liegen, ist das kein schöner Gedanke, da gleich hochzumüssen. Aber ich konnte sowieso noch warten. Mona war noch dabei, in ihr Ölzeug zu kommen. So ne Kabine ist ja so eng, dass nur einer drin stehen und sich umziehen kann. Der andere muss so lange in der Koje bleiben. Jedenfalls flog sie hin und her und hat versucht, auch mit dem zweiten Bein in die Segelhose zu kommen. Ich musste ein bisschen lachen, und das fand sie ... nicht angemessen. Aber ehrlich: Wer nach 14 Tagen auf dem Boot nicht überall blaue Flecken hat, war nicht dabei. Irgendwann hatte sie's dann geschafft ... Dicken Pulli ... Segeljacke. Lifebelt drüber. Raus. Dann ich.

Kinne

Carl war sauer, weil die beiden zu spät zum Ablösen kamen. Ich fand's eigentlich nicht so schlimm. Waren vielleicht zehn Minuten. Mehr nicht. Viel spannender war, was da aus Westen auf uns zukam. Und ob es unseren Kurs kreuzte. Oder nicht. Oder doch genau unseren Kurs. So was ist unangenehm. Kreuzfahrer ... Fähre ... Öltanker ... schien auf jeden Fall nicht klein zu sein. Wir haben die ganze Zeit abwechselnd durch's Fernglas geschaut ... war aber noch sehr weit weg. Rein theoretisch muss man sich da auch keine Sorgen machen. Wenn du unter Segeln unterwegs bist, muss dir nämlich selbst die »Queen Mary 2« ausweichen.

Kennen Sie nicht?

Na so ein Riesendampfer halt. 350 Meter lang, Tausende Passagiere ... ist auf See aber ausweichpflichtig. Wissen Sie, Motorschiffe müssen Seglern grundsätzlich ausweichen. So steht's in Teil B der Kollisionsverhütungsregeln von 1972. Da wurden die von der IMO beschlossen. Das ist die Internationale See-schifffahrts-Organisation. Manche sprechen bei den Ausweichregeln allerdings nicht von KVR, sondern von COLREG ... ist dasselbe, nur auf Englisch: Convention on the inter-national regulations for preventing collisions at sea. Das Ganze geht im Grunde auch schon auf das Jahr 1889 zurück, als ...

Was? Und dann?

Dann hat sich Mona das Fernglas ge-schnappt, und Tom meinte, sie hätten das schon im Griff. Ich bin dann runter und hab mich voll angezogen auf die Bank in der Messe gelegt. Ich hatte keine Lust auf den ganzen Hassel mit Klamotten aus- und wie-der anziehen. Carl hat sich in seine Koje ver-zogen.

Mona

Erst dachte ich: ein Kreuzfahrtschiff. Die schwimmende Pest. Acht Mahlzeiten am Tag und dazwischen gibt's Häppchen. Aber diese Pötte sind normalerweise nachts beleuchtet wie eine Kleinstadt, und man erkennt nie irgendwelche Positionslichter. Das war da nicht so. Außerdem kam das Ding wirklich sehr schnell auf uns zu ... Denkt man allerdings als Segler immer. Und irgendwann sah man dann auch ganz eindeutig: links ein grünes Licht, rechts ein rotes und oben in der Mitte zwei weiße.

Tom

Eine Fähre. Ziemlich sicher. Hielt voll auf
uns zu. Wahrscheinlich von Marseille nach
Bastia. Oder von Toulon. Wir hatten einen
Radarreflektor oben am Mast, so ein eckiges
Klappteil aus aus Metall. Damit sollen dich
andere Schiffe auf ihrem Radarschirm erkennen. Weiß man's?

Ich wollte es nicht drauf anlegen. Mal ganz
abgesehen davon, dass für die Berufsschiff-
fahrt Zeit ja auch Geld ist und ich es ziemlich
bescheuert finde, wenn dann irgendwelche
Vergnügungssegler auf ihrem Vorfahrtsrecht
bestehen. Wenn's am Ende knirscht, sind die
selber schuld ...

Ist ja auch egal, wir hatten sowieso noch
ein ganz anderes Problem. Der Wind fiel inzwischen deutlich westlicher ein als vorhergesagt, kam also immer mehr von vorn. Geht
natürlich nicht mit nem Segelboot ... und
dann noch die Fähre ... Also haben wir beschlossen, eine Wende zu machen und uns

Richtung Norden zu halten. Schon sportlich, nur zu zweit ... bei dem Wind! Aber wir wollten das allein schaffen. Mona ist ans Ruder ... mit dem Bug durch den Wind. Ich hab so schnell ich konnte die Backbordschot gelöst und dann mit der Winschkurbel wie ein Ochse an Steuerbord dichtgeholt.

Ich sehe Ihre Fragezeichen auf der Stirn. Ist auch nicht wichtig. Ich fasse mal zusammen: hat geklappt.

Mike

Wo haben Sie die her? Rausgefischt? Ach du Scheiße! Wann? Und wo genau?

Ja, sicher kann das sein! Genauso gut auch nicht. Was weiß denn ich? Die sehen nun mal alle ziemlich gleich aus. Haben Sie denn genau geguckt? Steht nirgendwo der Bootsname drauf? Gerade bei Charteryachten schreibt der Vermieter oft mit nem dicken Edding den Bootsnamen drauf. Damit die nicht wegkommen. Oder vertauscht werden. Die Agenturen haben ja mehrere Boote in der Vermietung. Reden Sie halt mit »Bateaux mediterranees« ...

Haben Sie schon?

Na also, dann sollten die doch wissen, wie viele Schwimmwesten an Bord waren. Oder jetzt noch sind. Es gibt ja am Anfang auch immer ne richtige Übergabe, wenn man ein Boot übernimmt. Kinne hatte die gemacht.

Warum?

Gute Frage. Tom und ich steckten schon

am Gotthard stundenlang im Stau und dann vor Genua noch mal. Als wir endlich in der Marina angekommen sind, hatte die Agentur längst zu.

Kinne meinte, die Übergabe hätte ein lustloser Hiwi gemacht, der um vier schon ein Glas Pastis in der Hand hatte. Ich hab dann selber noch mal alles gecheckt und natürlich auch, ob wirklich für jeden von uns sieben je ein Lifebelt und eine Schwimmweste da sind. War alles okay. Kann natürlich sein, dass unter irgendeiner Koje oder unten in nem Schrank doch noch mehr waren. Der Kahn kann mit zehn Leuten belegt werden. Ich weiß es einfach nicht. Das muss doch wirklich die Agentur wissen ...

Lutz

Darf ich noch mal sehen? O Mann ...

Nein. Echt nicht. Kann ich Ihnen nicht sagen. Sieht man denn nicht, ob das Ding von
unserem Boot ist? Wissen Sie ... ich war auch
bei der Übergabe nicht dabei. Ist öde so was,
und dafür haben wir ja Profis an Bord. Wobei
Mike und Tom noch gar nicht da waren. Und
ich hab mich mit Ly um die wirklich wichti-
gen Sachen gekümmert. Drei Kilometer au-
ßerhalb von Antibes ist ein Weingut, die machen da einen hervorragenden Rosé. Dieses
Côte de Provence – Gesöff ist ja eigentlich
nicht so mein Ding, aber ...

Hey! Cool bleiben!

Jetzt schnauzen Sie mich nicht so an! Ich
weiß selber, dass das nicht wichtig ist. Aber
ist es denn wichtig, dass irgendwer irgendwo
irgendeine Schwimmweste von irgendeinem
Boot aus dem Wasser gefischt hat? Ich
nehme an, die Ozeane sind voll mit den Din-
gern. Ich weiß auch, was für Bilder Sie im

Kopf haben, aber jetzt mal im Ernst: Da steckt ja nicht immer eine Tragödie dahinter. So n Ding geht auch mal so über Bord. Wir Deppen haben zum Beispiel vor ein paar Jahren mal ein Mann-über-Bord-Manöver mit einer Schwimmweste geübt. Nur aus fun. Wir haben das Ding aber beim besten Willen nicht mehr an Bord gekriegt. Echt peinlich. Aber irgendwie auch lustig. Bei unserem Irland-Törn war das. Bantry Bay. Da war plötzlich ne starke Strömung, und nicht weit weg waren Untiefen ... Dann lieber ne Schwimmweste verlieren als das Boot. Kostet 40 Euro so ein Ding. So what? Aber sprechen Sie bloß Mike nicht drauf an! So was kratzt sehr an seiner Segler-Ehre.

Mike

Aus jeder Kabine war ein kurzes Fluchen zu hören. Aber dann war wieder Ruhe. Tom hatte ne Wende gefahren, und alle im Boot flogen auf die andere Seite. Das war ja längst ein steifer Wind da draußen. Wir waren jetzt auf Steuerbordbug ... Also das Großsegel rechts. Musste ein nördlicher Kurs sein. Ich hab dann noch gehört, wie Tom den Niedergang runterkam und am Navtisch rumgekramt hat. Irgendwas ist runtergefallen ...

Was?

Navtisch? Na-vi-ga-tions-tisch. Da sind die Karten drin. Da ist auch das GPS und die Funke und und und ... Offenbar hat er den neuen Kurs gecheckt und ist dann wieder nach oben. Alles okay ... hatte keinen Grund nachzuschauen. Bin dann auch noch mal eingepennt.

Tom

Was soll das hier werden? Ein Spiel? Sie star-
ren mich seit zwei Minuten an und sagen
kein Wort. Was ist, Mann? Reden Sie mit
mir!

Sie haben was?

Sie haben ihr Handy geknackt.

Ja.

Und jetzt?

Ob ich Ihnen was zu sagen habe?

Nein.

Mona

Verstehe.

Lydias Handy.

Nein! Ich weiß nicht mehr, was ich ihr geschrieben habe. Viel kann's nicht sein. Wir
hatten die meiste Zeit kein Netz. Außerdem
waren wir ja zusammen auf demselben Boot,
wie Sie vielleicht wissen. Warum sollte ich
ihr da ne Message schicken?

Hören Sie, ich hab wirklich keinen Bock
auf solche Spielchen. Bevor Sie mir nicht
sagen, was Sie da gefunden haben ... oder
glauben, gefunden zu haben, sag ich gar
nichts. Ich bin doch nicht bescheuert.

Lutz

Sie dürfen es mir nicht geben, stimmt's?

Ja, schon klar.

Eigentlich will ich auch gar nicht in ihren Sachen stöbern. Ist so schon schlimm genug. Sie werden da ja nichts löschen, oder? Vielleicht hab ich ja irgendwann mal die Kraft, mir die Fotos anzuschauen. Müssten ziemlich viele sein.

Was machen Sie denn jetzt damit? Lesen Sie jetzt wirklich jede Nachricht, jede Mail, jeden Insta-Kram auf dem Ding? Wozu soll das gut sein? Dürfen Sie das eigentlich alles?

Können wir mal ein Fenster aufmachen?

Tom

Jetzt kommen Sie schon! Zeigen Sie mir halt die Nachricht. Was hab ich ihr also geschrieben?

Wie bitte?

Nein! Ich weiß es eben nicht! Sonst würde ich Sie ja nicht fragen.

Ich soll es vorlesen?

Also gut. Geben Sie her.

»Noch mal: LASS ES!! Das geht dich nichts an!! Willst du alles kaputt machen? Was hast du davon?«

Aha ... ja ... keine Ahnung. Weiß ich nicht mehr. Irgendein Streit. Vergessen. Zwei Wochen auf engstem Raum, da kracht's auch mal wegen nichts. Können Sie auch die anderen fragen.

Nein.

Wirklich nicht. Ich glaub, es ging um den Streit zwischen Lutz und Mike. Um irgendwas, was der eine gesagt oder der andere nicht gemacht hat ... und wie sie sich dann eingemischt hat ... irgendwie so. Ist ja auch schon ein paar Tage her. Jetzt überlegen Sie mal, was seitdem alles passiert ist. Ich blicke es ja selber alles nicht mehr.

Bitte?

Sie glauben mir kein Wort?

Ihr Problem.

Kinne

Nein. Nein wirklich. Ich wüsste nicht, dass es
da ein Problem gab zwischen Tom und Lydia.
Er fand's wohl grundsätzlich nicht so toll,
dass sie dabei war. Sie arbeitet ja im selben
Büro wie Toms Frau. Die ist – glaube ich –
sogar ihre Teamleiterin. Vielleicht hat er sich
da irgendwie überwacht gefühlt ... Aber so
richtig glaube ich das nicht. Man muss ja
aber auch sagen, dass sie's uns nicht gerade
leichtgemacht hat. Die erste Woche war sie
dauernd seekrank und danach entweder an-
geschickert oder völlig überdreht. Da war
jetzt nicht nur Tom genervt. Mein Gott, Lydia
ist halt auch ein paar Jährchen jünger als wir
anderen ... so n Huhn halt. Typ: Lutz-Freun-
din.

Trotzdem war jetzt aber auch nicht alles
sooo furchtbar, dass man nicht mal 14 Tage
damit klarkommen könnte. Da haben wir
schon ganz anderes erlebt. Carl hatte vor Jahren mal ne Frau dabei – auch ne Arbeitskol-

legin; die fand jeden an Bord spannender als Carl. Das gab richtig Stress, wobei wir ja gar nichts dafür konnten.

Aber jetzt mal im Ernst: Warum fragen Sie das eigentlich mich? Warum fragen Sie nicht Tom, wenn's um ihn geht?

Haben Sie schon.

Ja gut, wenn er sagt, da war nichts Besonderes, dann wird das wohl so sein.

Mona

Ich kann länger. Da können Sie sicher sein. Wenn Sie glauben, dass dieses Schweigen und Glotzen irgendwas bringt, dann irren Sie sich. Haben Sie gerade erst so ein Psycho-Seminar besucht, oder was? Kriegt man da so was beigebracht? Oder suchen Sie einfach nur meine Nähe? Na? Ist es mein Duft, der sie wahnsinnig macht? Jill Sander, »Woman two«.

Nicht schlecht, oder? Macht was mit Ihnen. Gibt's auch schon ewig. Im Moment riecht ja jede Zweite nach diesem süßlichen Lancôme-Zeug. »La vie est belle« ... buäh. Ich bin da mehr klassisch unterwegs. Und ich hab meine Stellen, wo ich es auftrage. Besonders gut ist ...

Hey! Ganz ruhig!

Na also, Sie können ja doch sprechen. Und jetzt? Wollen Sie mir nicht endlich mal sagen, was mit dem Handy ist? Ist doch langsam albern. Also. Was hab ich gemacht? Oder

geschrieben? Bin ich Teil der Weltverschwö-
rung? Nun kommen Sie schon!

Vorlesen? Klar, mach ich.

»Ich warne dich. Halt dich da raus, sonst
fliegt ihr ›beide‹ über Bord!«

Was? Ihre Antwort? Wo ist die? Da drunter.

»Du bist so scheiße, Bitch! Wenn ich du
wär, würde ich die Klappe halten.«

Ja, das ist ihr Stil. Falls Sie meine Expertise
wollen: Ihre Nachricht ist sicher keine Fäl-
schung.

Ja, doch, Mann!

Ich hab den Ernst der Lage durchaus er-
kannt! Lydia hat sich in was eingemischt,
was sie nichts angeht. Überhaupt nichts.
Und Sie geht das erst recht nichts an. Weil es
mit dieser ganzen Katastrophe rein gar
nichts zu tun hat. Kapieren Sie das doch endlich! Oder macht Ihnen das Spaß, im Dreck
anderer Leute zu wühlen? Echt jetzt! Ich will
jetzt hier raus.

Toll.

Kann ich wenigstens am Fenster eine rauchen? Herrje, haben Sie noch nie was getan,
was man nicht darf? Nein. Wahrscheinlich
nicht.

Wir können uns jetzt auch wieder anschweigen. Mir ist auch völlig wurscht, was Sie sich da gerade für ein Bild zusammenschustern. Schon klar, hier die bissige Stute und da das arme blonde Mädchen. Von wegen! In Campomoro zum Beispiel ... als es da heftig gekracht hat zwischen ihr und Lutz, da hat sie sich danach total zugeschüttet und sich auf ne echt billige Weise an Carl rangemacht. Einfach würdelos, wirklich zum Fremdschämen. Und Carl, der Loser, hat das auch noch mitgemacht ... kommt ja sonst nicht so zum Zug. Am nächsten Morgen wollte sie dann natürlich nix mehr davon wissen. Da tat er mir dann wieder leid. Alles voll peinlich. Aber da sehen Sie mal, was Blondi so draufhat.

Und wenn ich das Fenster weit aufmache und mich auf die Fensterbank setze?

Auch nicht.

Die Anführungsstriche? Was für Anführungsstriche? Warum ich in meiner Nachricht ›beide‹ geschrieben habe? Und warum in Anführungsstrichen? Fragen Sie Lutz. Der wird's Ihnen sagen. Oder nicht. Ist nicht mein Job. Ich bin raus.

Mike

Ich hatte Mona gesagt, dass sie mich wecken soll ... Viertelstunde vor der Ablösung. War dann aber nicht nötig. Das Boot stampfte inzwischen echt heftig durch die Wellen.

Am Wind ist eigentlich ein ganz stabiler Kurs, aber bei der Windstärke da draußen ... ging auf und ab. Ich war also längst wach. Außerdem hab ich immer wieder Tropfen abbekommen. Erst dachte ich, das wäre Kondenswasser, gibt's oft unter Deck. Dann hab ich aber gesehen, dass es durch die Luke kam. Die kleine über mir, zum Cockpit hin. Das Blöde war ... das Ding war zu. Also mit den Klemmen richtig zugedreht. Da ist dann die Dichtung im Eimer. Passiert. Wenn Sie ein älteres Boot chartern, kann immer mal was sein.

Wie bitte?

16 Jahre alt. Wobei ... das Alter allein sagt jetzt nix über den Zustand. Wenn es ihr eigenes Boot ist und sie lassen immer alles sofort

machen, wenn was kaputt ist, dann kann so ein Ding ewig halten. Aber ein Boot, das Geld bringen soll ... also wenn das schon in der 16. Chartersaison läuft, im Winter vielleicht noch in die Karibik verlegt wird, dann muss die Agentur schon sehr hinterher sein, dass immer alles top ist.

Was? Warum dieses?

Kann ich Ihnen sagen. War günstig. Ein Boot in *der* Größe zu *dem* Preis ... das ist sehr okay. Dafür ist es halt nicht gerade neu.

Soll ja auch nicht immer gleich ein Vermögen kosten. Es ist kein großes Geheimnis, dass ich auf die Kohle achten muss. Ich bin eben nicht so ein ... Immobilienheini wie Lutz. Sorry ... *Immobilienentwickler* heißt das natürlich. Der macht so Sanierungsobjekte, klebt in die Wohnungen ne Tapete für fünf Euro und verkloppt sie dann für 500.000 Euro. Nicht falsch verstehen bitte! Soll der machen, aber bei mir sieht's eben anders aus.

Na egal. Hab mir dann das Ölzeug angezogen ... bei Lutz gegen die Tür gehämmert und bin nach oben.

Carl

Loser? Sie hat mich nicht wirklich »Loser« genannt, oder? Das ist ja echt das Letzte! Die hat es gerade nötig!

Nee. Moment! Das glaub ich erst, wenn sie es mir selber sagt. Im Ernst: Wann hören Sie endlich auf mit dieser ganzen Geheimniskrämerei? Wer sagt mir denn, dass das überhaupt stimmt, was Sie mir hier auftischen? Sie können ja mir gegenüber irgendetwas behaupten und dann später bei den anderen was ganz anderes. Zum Kotzen, Ihre Psychospielchen! Haben wir nicht längst ein Anrecht auf einen Anwalt? Haben die anderen einen? Was ist denn hier mit »Sie haben das Recht, die Aussage zu verweigern, alles was Sie sagen ... blabla«? Sieht man doch in jedem Film.

Wie bitte?

Nur eine Befragung?

Keine Festnahme?

Hören Sie doch auf! So blöd bin ich jetzt

auch wieder nicht. Sie wollen krampfhaft was konstruieren, wo es gar nichts gibt.

Was?

Ja, schön. Glaub ich Ihnen. Dann stimmt's eben.

Dann hat sie mich halt »Loser« genannt.

Und wennschon! Als ob bei ihr alles so toll laufen würde! Glaubt, sie wär die ewige Prinzessin! Haha! Eher Königinmutter, würde ich sagen ... wobei »Mutter« ... der Zug ist auch längst abgefahren. Sie kann ja mal Toms Kinder adoptieren ...

Was? Was das heißen soll?

Nix.

Nix!

Ach kommen Sie! Wie war noch mal ihre Nachricht an Lydia? Haben Sie mir doch gerade eben vorgelesen.

»Ich warne dich! Halt dich da raus ...«

Ja, eben. Na? Wo soll sie sich wohl raushalten? Los! Kommen Sie, Sherlock! Fragen Sie sie halt. Und Tom gleich mit.

Der Loser ist weder blind noch taub.

Tom

Nee, oder? Dafür sitze ich jetzt schon wieder hier. Deswegen? Wegen dieser dämlichen Handy-Nachricht? Ich hab Ihnen doch schon gesagt, dass ich es nicht mehr weiß.

Wie bitte? Was hat Carl?

Andeutungen gemacht?

Na klar! Bestimmt! Das ist doch lächerlich! Netter Versuch. Und wenn's so wäre: Carl soll sich um seinen eigenen Kram kümmern. Ich mische mich auch nicht in sein Leben ein. Sonst noch was?

Ja.

Shit.

Nein. Natürlich keine Überraschung.

Logisch, dass die Suche irgendwann eingestellt wird. Nach drei Tagen ... wer will da noch was finden?

Mona

Ich bin so was von blöd! Das war ja klar, dass Sie ihm den »Loser« unter die Nase reiben würden. Glückwunsch! Und? Hatte er auch was Nettes für mich übrig?

»Königinmutter?«

»Zug abgefahren?«

So ein Arschloch! Sorry.

Wissen Sie was? Mir reicht's. Mir reicht's wirklich. Ich kürze das Ganze jetzt hier ab. Dann hört er vielleicht auf, irgendwelchen Mist daherzureden.

Ich schlafe mit Tom. Punkt.

Manchmal. Beim Segeln. Nur beim Segeln. Und nur, wenn mir danach ist. Es ist bloß Sex, verstehen Sie? Guter Sex allerdings, wenn Sie wissen, was ich meine.

Wohl eher nicht.

Ja! Stopp!

Jetzt kriegen Sie nicht gleich wieder einen Anfall! Sie wühlen hier auf widerliche Weise in meinem Privatleben rum, da werden Sie so was jetzt aushalten, oder ich sage einfach gar nichts mehr! Haben wir uns verstanden?

Ich bin kein Opfer. So. Weiter. Noch was? Wie oft?

Zwölfmal von vorne, sechsmal von hinten.

Geht's noch? Sie können mich mal.

Tom

Ja.

Na super.

Jetzt wissen Sie's halt.

Hören Sie, ich bin da nicht stolz drauf. Liegt ja auf der Hand, oder? Ich habe eine total süße Familie. Ich liebe meine Frau. Ich liebe meine Töchter. Die sind mein Ein und Alles. Ich hab da so viel Glück gehabt.

Affäre?

Nein, das ist keine Affäre! Das ist ... Keine ... Mona und ich sind Freunde.

Ja, lachen Sie nur!

Es gab und gibt da keine Option. Nie. Das weiß sie, und das weiß ich. Es ist was ... was guttut. Ja. Vielleicht am Ende auch so ne Art ... Grundbedürfnis ...

Ach Quatsch, das ist jetzt auch blödes Zeug, was ich da rede.

Scheiße ist es.

Und ich weiß es.

Bleibt das eigentlich hier in diesem Raum?

Also steht das dann in Ihren Unterlagen? Wer kriegt denn das zu sehen? Ich meine ... Ist doch klar, dass ich das jetzt frage. Ist doch so schon alles schlimm genug. Und hat doch damit auch gar nichts zu tun.

Ich meine ... Menschen machen so was Manchmal ... Ach verdammt! Und es war ja wirklich auch nicht so oft.

Carl

Wird ja immer besser! Erst »Loser«, dann
»Arschloch«. Na egal. Ist mir langsam alles
wurscht. Kann mich mal. Was hat sie denn
zu der Nachricht an Lydia gesagt? Na? Was
kam denn da? Da bin ich mal gespannt. Nun
sagen Sie schon!

Oh.

Na guck mal an!

Das hätte ich jetzt nicht gedacht. Und dafür
all die Jahre diese Geheimniskrämerei. Na so
was.

Wie bitte?

Was hat Tom gesagt?

»... war ja auch wirklich nicht so oft«? Ja,
sicher!! Dass ich nicht lache!! Das ist ja echt
der größte Witz! Auf jedem Törn geht das da
ab! Seit Jahren! Ich hab dann auch noch
meistens das Glück, dass ich in der Kabine
nebenan lieg. Was glauben Sie wohl, was
man hört durch eine sechs Zentimeter dicke
Sperrholzwand? Alles hören Sie da!

Jedes Kichern ... jedes Wälzen ... Stöhnen ... Klatschen ... jeden erstickten Laut ...

Wie bitte?

Mal drauf angesprochen?

Nein. Ja. Ja, doch. Hab ich mal gemacht. Einmal. Da war's mir echt zu viel. Ich weiß ja nicht, ob die den Kick brauchen, aber ... auf dem Malta-Törn war's, glaub ich ... Mona saß da nach dem Schwimmen auf dem Vorschiff und hat sich mit irgendeiner Bodylotion eingecremt. Also nackt. Was jetzt nix Besonderes ist. Machen wir anderen auch. Jedenfalls saß sie da so, und zwischen ihren Beinen war ne Luke, wohl die vom Badezimmer darunter. Ist ja auch egal. Jedenfalls tauchte plötzlich genau zwischen ihren Schenkeln ein Kopf auf. Raten Sie mal von wem?

Ich bin jetzt echt nicht prüde, aber ne öffentlich Peepshow brauch ich nicht.

Was?

Ach so, ja. Sagte ich ja schon. Hab sie zur Rede gestellt. Also Mona. Wissen Sie, was sie gesagt hat?

»Möchte nicht jeder gern dort sein, wo sich das Glück einen Spaltbreit öffnet?«

Sehen Sie! Ging mir auch so. Ich war auch sprachlos. Ich hab's dann auch gelassen.

Wissen Sie, ich denke wirklich, dass mich das eigentlich nichts angeht. Und Mona macht sowieso, was sie will. Aber ich kenne auch Toms Frau. Und ich finde es beschissen, dass der mich immer wieder in so eine Situation bringt. Der macht mich zum Komplizen. Das ist nicht okay. Meinetwegen kann er machen, was er will, aber dann soll er's so machen, dass ich's nicht mitkriege.

Die anderen? Na, Lydia natürlich. Die hat's auch mitgekriegt. Deshalb ja die Nachricht. Die anderen eher nicht. Und wenn! Mike würde nie was sagen. Ist nicht seine Art. Außerdem haben Mona und er eine lange Geschichte, der scheut jede Auseinandersetzung mit ihr. Und Kinne brauchen Sie gar nicht erst zu fragen. Der sieht so was nicht. Wenn auf einer Wiese eine Kuh steht, die gerade von einem Stier bestiegen wird, dann würde Kinne Ihnen erklären, was das für ein Schachtelhalm darunter ist. So ist der.

Sind Sie jetzt zufrieden? Hab ich jetzt genug mit Dreck nach anderen geworfen? Schön. Aber die haben's auch nicht besser verdient.

Mona

Für's Protokoll:

Ich vögel, mit wem ich will.

Wann ich will. Sooft ich will. Geht keinen was an.

So. Haben Sie das? Gut.

Und wenn Sie jetzt dann Ihren Spaß hatten, sagen Sie mir bitte, welch enorme Erkenntnis Ihnen das nun alles bringt!

Ein Motiv?

Was für ein Motiv?

Bitte?

Das ist jetzt nicht Ihr Ernst.

Mike

Echt. Ich mach das jetzt schon so viele Jahre, aber ich staune immer wieder, was das Meer manchmal draufhat. Als ich den Niedergang hochkam, waren Tom und Mona richtig fertig. Die hatten drei Stunden Kampf hinter sich. Tom war am Ruder, Mona saß zusammengekauert in der Ecke. Die fror wie ein Schneider. Obwohl es ja nicht besonders kalt war. Aber beide waren klatschnass.

Wie bitte?

Nein. Hat nicht geregnet ... der Himmel war klar. Die Wellen natürlich! Der Kahn ging auf und ab ... Gischt in der Luft ... Dauernd ist irgendwas ins Cockpit gespritzt oder geschwappt. Deshalb hat's ja auch in meine Koje getropft. Ich wollte von Tom wissen, welcher Kurs anliegt. Ich musste richtig brüllen, so sehr hat's inzwischen geblasen. Wir hatten ordentlich Abdrift ... Also Wind und Strömung haben uns auf einen viel östlicheren Kurs gedrückt, als wir eigentlich wollten. Höher an den Wind ging aber nicht. Tom meinte, wenn wir weiter auf dem Kurs liefen, würden wir nicht Antibes ansteuern, sondern eher bei Villefranche auf die Küste treffen ... oder sogar bei Menton. Alles viel weiter im Osten. War aber erstmal egal. Vorher mussten wir uns dringend um was anderes kümmern. Wir hatten zu viel Segel draußen.

Was das heißt?

Die Segelfläche war zu groß für den Wind, den wir inzwischen hatten. Die Genua ein Stück reinzuholen ... also das Vorsegel ... das hatten die beiden noch hingekriegt, aber das Großsegel zu reffen war ne größere Aktion ...

Lutz

Wecken war nicht nötig. Ich glaube kaum, dass irgendeiner von uns bei dem Seegang ein Auge zugemacht hat. No chance. Das war schon heftig. Wir hatten ja im Grunde zwei Wochen lang richtiges bay hopping, so in Badeshorts von Bucht zu Bucht. Immer sunshine. Immer alles ganz smooth. Aber dann ... Innerhalb von wenigen Stunden bist du plötzlich in der Hölle. Ich hab im Liegen mein Segelzeug angezogen ... Stehen in der Kabine war echt nicht drin, und bin dann hinter Mike her. Der war schon oben. Holy shit, ging das ab da draußen! Mike meinte, wir müssten reffen ...

Was?

Ly?

Klar war die in meiner Kabine. Wo sonst? Lag da mit aufgerissenen Augen und hat gehofft, dass es irgendwie vorbeigeht. Wissen Sie ... Das war ja von Anfang an nicht ihr Tag. Voll verkatert ... grün im Gesicht ... die

Hitze ... In Calvi musste ich sie echt überreden, mal ne Runde spazieren zu gehen. Mal irgendwo in den Schatten zu setzen. Sie hat dann ewig geduscht und ist wenigstens mal einen Kaffee trinken gegangen ... wollte auch ne Postkarte schreiben ... aber wirklich besser ging's ihr nicht danach. Sagen Sie, hab ich Ihnen das nicht alles schon erzählt? Warum denn noch mal?

Was wollen Sie verstehen?

Die Nachricht von Mona?

Welche Nachricht?

»Ich warne dich. Halt dich da raus, sonst fliegt Ihr ›beide‹ über Bord!«

Aha. Ja, und? Weiß nicht.

Ob irgendwas zwischen Ly und Mona war?

Keine Ahnung. Glaube nicht. In der ersten Woche sind die eigentlich ganz gut miteinander klargekommen. Ly war ja dauernd seekrank ... und Mona hatte sich da sogar ganz nett gekümmert.

Stimmt schon, später war's dann nicht mehr so toll zwischen den beiden. Ly wollte nicht groß drüber reden. Irgend so ein Mädelszoff. Zickenkrieg. Wohl nix Wichtiges.

Wieso da »beide« in der Nachricht steht?

Weiß nicht.

Mona meinte, Sie sollen mich fragen?

Spinnt die? Wie kommt die darauf?

Nein! Ich hatte und ich habe kein Problem mit Mona. Also, ist nicht mein Typ. Ich hab's dann doch gern ein bisschen frischer, wenn Sie verstehen, was ich meine.

Bitte?

Herrje! Jetzt reiten Sie doch nicht so auf diesem »beide« rum! No clue! Keine Ahnung. Da können Sie mir noch stundenlang Löcher in den Bauch fragen.

Sagen Sie's mir doch! Sie sind doch hier der Schlaumeier! Na? Ich höre.

Schwanger.

Ich ... Ach, kommen Sie ... Das ist doch ...

Ich sag jetzt nichts mehr.

Mona

Das hat er zugegeben? Glaub ich nicht. Sie haben ihm das in den Mund gelegt, stimmt's?

Sehen Sie!

Er hat es nicht abgestritten?

Ja.

Klar. Kann er auch nicht. Von wegen seekrank! Haha! Ich hab direkt gesehen, was los war. Wissen Sie, wir waren ja nicht immer nur auf dem Wasser. Wir sind ja auch mal essen gegangen. In Ajaccio zum Beispiel. Wenn Sie seekrank sind, dann geht's Ihnen an Land sofort besser. Also spätestens nach ner Stunde. Lydia nicht. Die musste auch im Restaurant ganz plötzlich auf Toilette und so. Die ganze Woche. Die war da genau in dieser Phase, wo's einem wirklich dauernd schlecht ist. Das ist im wahrsten Sinne zum Kotzen. Wenn Sie Pech haben, geht das wochenlang …

Wie bitte?

Woher ich das so genau weiß?

Nein.

Keine Kinder.

Geht es jetzt hier gerade um mich oder um Lydia? Na eben. Dann lassen Sie mich da raus.

Jedenfalls hab ich es ihr auf den Kopf zugesagt, und dann hat sie's erst abgestritten. In Campomoro wollte sie dann unbedingt an Land. Hab dann abends in unserem Badezimmermüll einen Schwangerschaftstest gefunden, da wusste ich dann auch warum.

Wie bitte?

Ja. Wir Frauen hatten ein eigenes Bad. Also Bad ist ja reichlich übertrieben. So ne winzige Nasszelle halt. Weil das Boot so groß war, gab's drei Stück davon.

Was?

Nein. Natürlich nicht. Der Test lag jetzt nicht obenauf. Ist ja wohl klar. Ich hab gewühlt in dem Mülleimer. Und wennschon! Ich wollte ihr ja helfen.

Da waren ja auch schon ein paar Tränchen geflossen. Hab auch mitgekriegt, wie es zwischen ihr und Lutz gekracht hat. War nicht zu übersehen. Da muss man ja nur eins und eins zusammenzählen: sie wollte, *er* nicht. Der braucht nur sich. Schon besser, wenn der keine Kinder hat.

Sie tat mir ehrlich leid. Ich glaube wirklich, ich hätte ihr ein bisschen Halt geben können. Aber dann meinte sie ja unbedingt, ein Fass aufmachen zu müssen wegen Tom und mir. Da war's natürlich aus.

Schade. Vielleicht hätte ich das anders machen müssen. Doch wirklich, das denke ich. Ich weiß, wie sie sich gefühlt haben muss.

Und Lutz hat wirklich »... ich hab's gern frischer« gesagt? Der blöde Arsch!

Lutz

Ich bin 49. Ich bin erfolgreich, wohlhabend, gesund und lebe genau so, wie ich möchte. Ich habe Freunde, ich reise gern und viel, und die meisten Wünsche kann ich mir erfüllen, ohne ewig darauf warten zu müssen. Sunny side of life.

Ich sehe keinen Grund, warum ich daran etwas ändern sollte.

Ich will kein Kind.

Ich brauche kein Kind.

Das war auch ein klarer Deal zwischen uns. Eigentlich.

Klar ... wenn man länger zusammen ist, dann ändert sich da vielleicht was. Hab ich natürlich auch schon erlebt. Wird dann schwierig. So was wie einen Kompromiss kann's da ja schlecht geben.

Jedenfalls war das bei Ly und mir keine Option. Also von meiner Seite. Es stimmt natürlich schon, dass sie in letzter Zeit mal mit dem Thema ankam. Und vielleicht ... ja, vielleicht habe ich ein bisschen rumgeeiert. Wollte sie halt auch nicht verlieren.

Aber eins ist auch klar: Das hieß nicht, dass sich deswegen die Spielregeln geändert hätten. Überhaupt nicht. Insofern war das Ganze einfach ... eine Panne. Hätte nicht passieren sollen. Punkt. Es gab da jetzt nicht plötzlich einen anderen Deal zwischen uns.

Als sie mir dann den Test gezeigt hat ... und ich ... Ach, das war furchtbar ... Schreierei. Tränen, das volle Programm. Ich meine ... ich hab ja jetzt nicht deswegen komplett meine Meinung geändert. Und als ich dann noch gesagt hab, wir wären im dritten Jahrtausend ... und sie müsse das Kind ja nicht unbedingt bekommen, da war's dann ganz aus ... Drama-Queen! Aber ... es ist doch so! Ich bin doch deswegen kein Monster! Tausende von Menschen entscheiden sich für so was. Was glauben Sie, wie das damals bei Mike und Mona war? Fragen Sie ihn!

Nein ... bloß nicht! Fragen Sie ihn nicht ... Ich dürfte das eigentlich gar nicht wissen. Ist ja jetzt auch wurscht.

Hier geht's ja auch um *mein* Leben. Ich meine ... Was hat sie denn erwartet, wie ich wohl reagieren würde?

Anders?

Ja. Wahrscheinlich.

Wahrscheinlich hätte ich wirklich anders reagieren sollen. Bestimmt sogar.

Hinterher ist man immer schlauer. Aber was dann noch kommen würde, konnte ich ja nun auch nicht ahnen.

Herrje! Jetzt gucken Sie nicht so! Sie schauen mich an, als wär ich ein ... Mörder. Oder so was.

Kinne

Obwohl es so laut gegurgelt und gestürmt hat, hab ich oben an Deck das Trampeln gehört. Vor und zurück, ziemlich hektisch. Schlafen ging ja sowieso nicht. Nicht nur, weil wir so starken Seegang hatten, ich bin auch ständig auf Carl draufgerutscht. So ein Schlafsack ist außen aus Polyester, und wenn der Kahn schräg liegt, dann rutschen Sie auf der Matratze bei Schräglage wie ein Ei in der Teflonpfanne. Ich weiß schon, warum ich sonst lieber an Deck schlafe. Ich drehe durch, wenn's eng und stickig ist.

Vom Mast her war auch ein heftiges Knirschen zu hören ... und dumpfe Schläge. Der Mast geht durch den Salon bis runter zum Kiel, da ist der ganze Rumpf wie ein Resonanzkörper. Klang jedenfalls nach Problem da oben. Dann ging der Motor an. Als man schließlich auch noch hören konnte, wie Schoten wild auf das Deck geschlagen sind und Metall am Mast schlug, habe ich mich doch wieder angezogen. Wir wären zwar erst in zweieinhalb Stunden wieder dran gewesen, aber da unten hab ich's sowieso nicht ausgehalten ...

Mike

Das war genau der Mist, den man in so einer Situation nicht brauchen kann. Das Groß ließ sich nicht reinholen.

Was?

Das Großsegel. Passen Sie auf, es ist so: Auf einer Yacht mit nur einem Mast – so was nennt man »Slup« – gibt es im Prinzip zwei Segel: ein Vorsegel ... das ist das Ding, das vorn am Bug befestigt ist ... heißt auch »Fock«, oder wenn es größer ist, spricht man von einer »Genua«.

Und dann natürlich das Großsegel. Das hängt am Mast und unten am Großbaum, kurz »Baum«. Das ist der riesige Balken, der vom Mast waagerecht nach hinten führt ... Wenn Sie so wollen die Unterkante vom Segel. So weit klar?

Gut.

Ich will Ihnen hier auch keinen Vortrag halten, aber um zu kapieren, was passiert ist, kann das helfen. Unten am Baum ist die

Großschot. Schoten sind Leinen, mit denen man die Segel bedient, also man holt sie dichter oder »fiert auf«. Braucht man, damit die Segel immer optimal vom Wind angeströmt werden ... bringt dann den maximalen Vortrieb. Immer noch klar?

Gut.

Jetzt kommt's: Unser Boot hat ein sogenanntes Rollgroß. Das ist inzwischen üblich bei Charteryachten. Da kommt es eher auf Komfort und nicht auf den letzten Viertelknoten Speed an. Wenn man also bei zu viel Wind die Segelfläche verkleinern ... »reffen« will, dann muss man bei einem klassischen Segel das Tuch mit vereinten Kräften ein Stück runterziehen, zusammenfalten und dann mit kleinen Bändseln am Baum festmachen. So war das früher üblich. Beim Rollgroß dagegen wird das Segel nicht nach unten gezogen, sondern nach vorne in den Mast.

Gucken Sie nicht so!

Das Segeltuch wird im Mast aufgerollt, da ist innen ne Spule drin. Außen sieht man nur den Spalt, in dem das Segel verschwindet. Ziemlich praktisch. Vor allem bei wenig Wind und mit ein bisschen Zeit.

Profisegler und Regattajungs verachten die Dinger. Durch die Rollkonstruktion ist das Großsegel nicht mehr unten am Baum fest. Dort ist also eine Lücke, durch die der Wind kann. Da geht Energie verloren, was man ja eigentlich nicht will. Bei einer Fahrtenyacht ist das aber egal. Wir fahren ja nicht das »Ocean race around the world«.

Kann ich mal n Schluck trinken?

Gibt's irgendwo Wasser?

Danke.

So.

Jetzt kommen wir zu dem ... was ich hätte anders machen müssen bei der ganzen Sache.

Ich hätte merken müssen, dass der Wind viel früher zugelegt hat als vorhergesagt.

Ich hätte reffen sollen, als es noch leichter war.

Ich hätte Tom und Mona nicht stundenlang damit allein lassen sollen.

Hätte. Hätte. Hätte.

Damit wir uns nicht falsch verstehen. Heftig wär es auf jeden Fall geworden. Aber ... eben vielleicht nicht so.

Lutz

Eine Riesenscheiße war das. Worst case. Hab Mike noch nie so fluchen hören. Der hatte sich vorne mit dem Lifebelt am Mast einge- hakt und riss wie blöd an dem Segel. Tom war auch dabei. Beide schrien Mona an, die hinten am Ruder stand. Die konnte aber gar nichts machen, wir hatten nämlich so gut wie keine Fahrt mehr im Boot. Und ohne Fahrt kannst du nicht steuern. Der Kahn tanzte wie ein Tischtennisball auf den Wellen, unten flog alles hin und her. Es war auch stockfins- ter, fast kein Mond. Mike brüllte, ich soll nach unten und am Navtisch die Deckstrahler ein- schalten. Ich bin zurückgetaumelt und im Niedergang mit Kinne zusammengestoßen ... Keine Ahnung, wo der plötzlich herkam! Ka- wumm ... Crash. Wir flogen die Stufen run- ter, und ich bin volle Kanne mit der Schulter gegen die Bank in der Messe ... Hier, tut im- mer noch verdammt weh.

Was?

Nee. Humpeln tu ich, weil ich quer übers Deck geflogen bin. War aber später ...

Jedenfalls hat Kinne auch irgendwas gejammert und ist dann an mir vorbei nach oben.

Ich hab ewig gebraucht, bis ich den dämlichen Schalter für die Deckstrahler gefunden hab. Ging dann aber nur die kleinere Leuchte für das Vorschiff an, die große für den hinteren Teil des Bootes war im Eimer. Auch so ne Sache ... Was alles kaputt ist auf einem Kahn, merkst du erst, wenn du es wirklich mal brauchst.

Tom

Das verdammte Segel hatte sich im Mast verklemmt. Nichts ging mehr. Beim Reinholen
saß das Ding schon nach ein paar Winsch-
drehungen fest. Und wie! Egal, ob wir jetzt
am Segel gezogen haben oder umgekehrt an
der Einholleine. Kein Millimeter in keine
Richtung.

Wie so was passiert?

Ach, da gibt es tausend Gründe! Wenn unter Seglern einer erzählt, dass sich sein Rollgroß verklemmt hat, dann wissen die anderen Klugscheißer sofort, was alles falsch war.
Baum nicht im rechten Winkel ... Baumnie-
derholer zu fest angeknallt ... zu viel Druck
auf der Dirk ... Großfall nicht durchgesetzt ...
Das sagt Ihnen jetzt alles nichts. Stimmt jedenfalls alles oder auch gar nicht. Manchmal
ist der ganze Kram auch einfach alt ... Die
Rolle wickelt nicht mehr richtig, und der Lappen wirft sofort Falten beim Reinholen. Nach
ein paar Umdrehungen ist dann Schluss.

So was ist schon bei Sonnenschein und relativ ruhiger See ätzend.

Aber wir waren mitten in der Nacht.

Wir hatten inzwischen dauerhaft über 40 Knoten Wind, und die Böen kamen noch heftiger. Dazu dann die Wellen ... bestimmt vier Meter, vielleicht mehr! Uns hat's um alle Achsen gedreht. Irgendwann haben wir zu viert da vorne an dem Segel rumgemacht ... war auch nicht besser. Mike hat in dem Spalt am Mast rumgestochert, wir anderen haben gezogen wie die Blöden ... aber nix.

Obwohl du ja eingehakt bist mit dem Lifebelt, hast du schon genug damit zu tun, überhaupt auf den Beinen zu bleiben ... Es geht dauernd auf und ab, das Deck ist nass und rutschig ... Da bleibt für das Ziehen am Segel nicht viel Power.

Irgendwann sah ich hinten auch noch Carl hochkommen. Der hat sich umgedreht und irgendwas nach unten gebrüllt. Ich nehme an, zu Lydia.

Sonst war ja keiner mehr unter Deck.

Mona

Gereizt?

Gereizt ist gar kein Ausdruck! Irgendwie hat jeder nur noch jeden angeschrien. Ich nehme an, dass Mike zu dem Zeitpunkt längst klar war, dass er das Problem erst in einer Marina lösen kann. Und nicht in der Nacht bei Sturm irgendwo auf dem Mittelmeer. Aber er gab nicht auf ... Was sollten wir auch machen?

Ich hab's auch ordentlich abgekriegt! Die ganze Zeit. »Mach was!« ... »Nicht so« ... »Zu blöd!« ... «Pass doch auf!« ... »Was soll der Scheiß?« ... und so weiter.

Wer beim Segelbergen am Ruder steht, hat den Job, das Boot im Wind zu halten ... also so, dass der Bug genau in Windrichtung zeigt. Deshalb schmeißt man vorher den Motor an. Hatten wir auch. Aber der packte das gar nicht!

Irgendwann hat's mich dann voll hinge-hauen ... Das Boot war plötzlich hinten weggesackt ... Mich hat's von den Füßen geholt, und ich lag der Länge nach im Cockpit. Ein Riesenschwall Salzwasser lief mir oben in die Segeljacke.

Vorne gab's einen Aufschrei, denn als ich das Steuerrad losgelassen hab, hat sich das Ding gedreht wie ein Windrad.

Carl

Das ging alles blitzschnell. Als ich hochkam,
stand Mona noch am Ruder. Ich hab mich
dann noch mal umgedreht, weil Lydia auch
hinter mir nach oben wollte. Die war völlig
durch den Wind. Sie hatte ihre Segeljacke an
und drüber ne offene Schwimmweste. Unten
trug sie nur ihr Bikinihöschen und Gummi-
stiefel. Sie schrie mich an: »Lass mich vorbei ... Schnell! Ich muss kotzen!« Ich hab zu-
rückgebrüllt, dass sie so nicht an Deck kann,
da oben wär das Inferno ... In dem Moment
gab's einen harten Ruck, das Boot drehte ab-
rupt nach Steuerbord und hat sich sofort
quer gelegt.

Mike

Es tat einen richtigen Schlag ... Das verdammte Segel hatte sich schlagartig wieder aufgebläht. Mir hat's den Boden unter den Füßen weggezogen, aber ich hing mit dem Lifebelt in einer Öse am Mast.

Tom wurde unter dem Baum durchgeschleudert, der blieb an meinen Beinen hängen. Wieso war der Depp nicht eingeklickt?

Hinten war nicht viel zu sehen ... war ja stockfinster. Carl rangelte irgendwie mit Lydia, und Mona lag da irgendwo in der Brühe. Ein richtiger Brecher kam über ... Wir mussten das Boot dringend wieder in den Wind kriegen und den Niedergang dichtmachen, damit der Kahn nicht volllief.

Ich hab mich losgemacht und bin auf allen vieren nach hinten gerobbt. Mir fiel ein, dass ja auch der Motor noch lief, was bei extremer Krängung Mist ist. Das Ding zieht dann Luft statt Öl und verreckt.

Mona

Ich war echt bedient und hab zum ersten Mal in dieser Nacht richtig Angst gehabt. Ich weiß nicht, ob Sie das kennen, aber von einer Sekunde auf die andere wird im Kopf ein Schalter umgelegt und das Gehirn schaltet auf »Angst«. Ich war auch inzwischen nass bis auf die Knochen. Beim Versuch, mich aufzurappeln, lief mir das Seewasser aus den Ärmeln und den Hosenbeinen.

Carl hat mich dann festgehalten, und als Mike nach hinten kam, hat uns die nächste Welle erwischt.

Kinne

Ich hab nur den Schrei gehört und dann gesehen, wie sich plötzlich das Dingi aufrichtet. Das verdammte ...

Wie bitte?

Unser Schlauchboot. Das Dingi ist so ein dickes, großes Schlauchboot ... so mit festem Boden, und hintendran kann man einen Außenborder hängen. Wenn du irgendwo vor Anker liegst, kommst du ja sonst nicht trocken an Land. Wenn das Dingi nicht gebraucht wird, legen es die meisten Crews umgedreht auf's Vorschiff und zurren es ordentlich mit ner Leine fest. Eigentlich ein bisschen blöd, weil das Ding da vorne natürlich Platz wegnimmt. Andererseits hat natürlich auch keiner Lust, jeden Tag komplett die Luft abzulassen, die Bodenbretter rauszunehmen und das dicke zusammengefaltete Paket irgendwo in eine Backkiste zu stopfen. Schon gar nicht, wenn du es am Abend in der nächsten Bucht auch wieder brauchst.

Was?

Da haben Sie recht. Vor der Überfahrt hätten wir es eigentlich verstauen können. Aber wenn dann das Boot am Ende des Törns wieder an den Vercharterer übergeben wird, will der sehen, ob im Dingi kein Loch drin ist. Dann musst du es ja doch wieder rausholen und komplett aufpumpen. Das haben wir uns geklemmt, und normalerweise ist das auch kein Problem.

Tom

Ich war gerade wieder auf den Beinen, und dann war da dieser Schrei! Vor mir hob das Dingi ab wie n Flugzeug! Keine Ahnung, ob es die fette Welle oder eine starke Bö war, jedenfalls hat sich das Schlauchboot blitzschnell aufgestellt und flog nach Steuerbord. An einer Seite war es noch fest ... Mit einem dumpfen Schlag blieb das Ding an den Relingstützen hängen ... Sah fast aus wie aufgespießt. Da, wo jetzt das Boot lag, hatte vorhin noch Lutz gestanden. Deshalb der Schrei.

Lutz war weg.

Carl

Tom hat geschrien wie am Spieß! Lutz wäre weg ...! Das Dingi lag verdreht an die Reling gequetscht, mehr konnte man nicht sehen. Zuerst dachte ich. Diese Deppen!, denn Tom und Lutz hatten das Ding ja selber im Hafen von Calvi festgezurrt ... von wegen »bombenfest«. Aber dann geriet ich natürlich auch in Panik.

Mike hat das Steuerrad fixiert und ist sofort wieder nach vorne gerobbt. Mona und ich hinterher. War nicht so einfach. Du stolperst, rutschst und fliegst die ganze Zeit ... und musst ja auch immer was finden, wo du dich mit dem Karabiner vom Lifebelt einhaken kannst.

Tom

War dann ein ziemliches Chaos ... Jeder zog, riss und drückte an dem Dingi rum. Irgendwer ist auch wieder nach hinten, um ein Messer zu holen. Die Festmacherleinen, die Schoten ... alles war hoffnungslos miteinander verknotet. War ein ziemlich aufgescheuchtes Hin und Her ... Mona hat ihn dann als Erstes gesehen.

Mona

Lutz lag genau unter dem Dingi ... Also gegen die Reling gequetscht. Sah aus, als würde eine Relingstütze mitten in seinem Bein stecken. Sie haben ja wahrscheinlich gesehen, wie er humpelt ... Wundert mich nicht. Der Bug ging auf und ab wie eine Achterbahn, in jedem Wellental schlug das Boot hart auf. Alle paar Sekunden kam Wasser über. Wir haben es trotzdem irgendwie geschafft, ihn nach vorne rauszuziehen ...

Wir?

Genau kann ich das nicht sagen. Eigentlich alle, aber Mike hat auch zwischendurch immer wieder mal versucht, am Ruder die schlimmsten Wellen abzureiten. Oder war es Tom? Ich hab auch überhaupt kein Zeitgefühl ... Das Ganze ging gefühlt eine Ewigkeit. Lutz hat sich dann mit schmerzverzerrter Fratze nach hinten geschleppt, aber vorne musste ja das Dingi irgendwie weg. Das flog jetzt wieder bei jeder Welle über das Vor-

schiff. Kinne war es, glaube ich, der es wieder festgekriegt hat. Oder Carl? Ich weiß es
einfach nicht mehr ...

Mike

Wir waren in eine richtige Kreuzsee geraten, die Wellen kamen von allen Seiten. Irgendwann fielen wir mal heftig nach Backbord und schlugen hart auf. Die Steuerbordwant ... also das Stahlseil, das auf der rechten Seite den Mast hält, war mit einem brutalen Ruck gespannt wie die Sehne von einem Bogen, der Mast knirschte, und das Segel fing wie wild an zu killen ...

Zu schlagen!

Das Segel killte ... und wie!

Tom

Wir haben uns angeguckt und wussten sofort, was Sache war. Der Lappen musste sich gelöst haben ... Wenn das Segel so schlug, hieß das natürlich, dass es wieder ein Stück aus dem Mast rausgekommen war! Mike ist sofort ans Ruder, ich hörte den Motor aufheulen ... Kurs halten ... und dann haben wir tatsächlich Zentimeter für Zentimeter das Ding reingeholt ... gefühlt eine Ewigkeit. Aber trotzdem der Hammer! Einfach irre, wie schnell man plötzlich wieder euphorisch ist!

Kinne

Mike war ganz klar. Wir haben dann das Vorsegel gesetzt ... also nur ein kleines Stück ...
und sind dann damit tatsächlich wieder vor-
angekommen ... nur langsam ... und reichlich
Abdrift ... Aber wir waren wieder die Chefs in
dem Inferno ... Ein sensationelles Gefühl!

Hätte die Geschichte da nicht zu Ende sein
können?

Mann, das denke ich ganz oft.

Lutz

Ich hatte die Schnauze gestrichen voll von dem Kahn. Ich wollte nur noch, dass es zu Ende geht. Das Bein hat wehgetan wie die Hölle ... Die Hose hatte einen langen Riss. Hab mich dann nach hinten geschleppt und bin den Niedergang runter ... mehr gestürzt als gegangen. Um zu sehen, was los ist, musste ich aus den Klamotten raus. Unten sah es aus wie im Krieg. Überall Klamotten, offene Chipstüten, Kekse, Kissen, zerfledderte Bücher ... Zitronen rollten über den Boden ... Alles war schmierig und voller Scherben. Die Flaschen mit Essig und Öl waren nicht richtig verstaut, und ich dachte: Scheiße, war eigentlich mein Job. Mike hatte klare Ansagen gemacht. War jetzt aber erstmal egal. Ich bin direkt in unsere Kabine gestolpert. Ly musste mir helfen aus der Hose rauszukommen.

Ich hab die Tür aufgerissen und ...

Da war niemand.

Ly war nicht da.

Ich hab gerufen.

Immer lauter.

Nichts.

Bin dann da unten durch den Siff gewankt und hab alle drei Klos aufgerissen. Auch nichts. Alle vier Kabinen ... leer!

Sie musste oben sein! Natürlich! Wo denn sonst? Bestimmt war sie oben!

Ich hatte sie da zwar gerade eben nicht gesehen, aber das musste ja nix heißen in dem ganzen Durcheinander. Hab mich also zurück zum Niedergang geschleppt und bin wieder hoch.

Carl

Wir haben uns abgeklatscht da oben ... High five! Wo ein paar Minuten vorher noch jeder totale Panik in den Augen hatte, wussten wir jetzt, dass alles gut würde. Also dachten wir.

Wer?

Also ich ... und Tom ... und Mona oder Kinne ... weiß nicht genau, wer noch auf dem Vorschiff war. Mike nicht, der war am Ruder.

Lydia?

Nein! Die hab ich nicht gesehen. Das muss aber nichts bedeuten von da vorne. Wenn ihr kotzschlecht war, lag sie vielleicht hinten irgendwo auf der Bank im Cockpit ... Was weiß denn ich?

Bewusst zum letzten Mal hab ich sie gesehen, als sie hinter mir nach oben wollte.

Hab ich Ihnen doch schon erzählt.

Ich wollte das ja verhindern, aber sie hatte die Hand vor den Mund gepresst, und ich wusste, dass sie jeden Moment losreihern würde. Sie hat sich dann an mir vorbeigedrückt und hing dann hinten irgendwo. Genau hingeguckt hab ich nicht, so schön ist der Anblick ja dann nicht.

Und dann ... weiß nicht ... Doch natürlich war sie dahinten ... aber wo jetzt ... genau? Keine Ahnung.

Mona

Ich hab gezittert und gefroren wie verrückt.
Der Wind war inzwischen richtig kühl.

Wir würden da schon irgendwie durch-
kommen, das war jetzt klar, aber die Vorstel-
lung, noch stundenlang klatschnass zusammengekauert hinten an Deck zu sitzen, war
auch schrecklich. Ich musste auf jeden Fall
nach unten und mich umziehen.

In dem Moment tauchte am Niedergang
der Kopf von Lutz auf und ... So hatte ich ihn
noch nie gesehen!

Der hat nur noch geschrien.

»Ly ist weg! Die ist da nirgendwo! Scheiße,
Leute! *Die ist weg!*«

Im ersten Moment habe ich gedacht: So ein
Quatsch, sie wird schon irgendwo sein. War
ja noch nicht lang her, dass sie dahinten vor
mir rumgestolpert ist. Hatte allerdings auch
nicht gesehen, dass sie wieder unter Deck
verschwunden wäre. »*Die ist weg!*«, hat Lutz
wieder gebrüllt. »*Jetzt macht doch was!*«

Da hab ich ihn am Arm gepackt und bin mit ihm zurück nach unten in die Messe. Vielleicht war sie ja in einer anderen Kabine, oder sie lag unter dem ganzen Wust von Kissen, Klamotten und Gerümpel auf ner Bank. Wir haben alles, alles abgesucht ... Das Boot ging immer noch auf und ab. Ich werde wirklich nicht schnell seekrank, aber irgendwann hab ich auch angefangen zu würgen und ... von Lydia keine Spur.

Nichts.

Kinne

Als Mike gecheckt hat, was los ist, hat er sofort den Motor wieder angeworfen. Wir haben die Schot losgeworfen und das Vorsegel eingeholt. Wieder hatten wir so gut wie keine Fahrt im Boot, und das sollte natürlich auch so sein. Irgendjemand ist nach unten, um die Akku-Lampe zu holen. Ich habe mich – so schnell ich konnte – wieder hinten ans Heck gehangelt, um zu sehen, was natürlich nicht zu sehen war.

Das klingt jetzt vielleicht gemein, aber ich hab von der ersten Sekunde an gedacht, dass es ... da keine Chance gibt. Mitten in der Nacht, bei dem Seegang ... Da muss man schon an Wunder glauben.

Wissen Sie, bei der Ausbildung zum Küstenschein, da lernt man so was ja. Mann-über-Bord-Manöver. Früher musste man das sogar noch unter Segeln hinkriegen ... völlig aussichtslos. Bei ner großen Yacht wirfst du den Motor an und schmeißt die Segel los.

Fahrt aus dem Boot nehmen und dann irgendwie unter Motor dahin kommen ...

Einer wird immer direkt zum »Wahrschauen« bestimmt ... hat also keinen anderen Job, als ausschließlich den oder die im Auge zu behalten, die über Bord gegangen ist. Glauben Sie mir, wenn Sie unruhige See haben, dann ist das schon bei Tageslicht sauschwer. So ein Kopf, der aus dem Wasser ragt, ist blitzschnell nur noch ein winziger Punkt. Und dann ganz weg.

Aber nachts ... stürmische See ... Das klingt jetzt hart, aber wir hätten es auch gleich lassen können. Wir wussten ja nicht mal, wo sie ... über Bord gegangen ist. Wir konnten ja schon wer weiß wie weit weg sein ... Wir wussten einfach gar nichts!

Tom

Sah so aus, als würde alles gut. Wirklich. Wir hatten das mit dem Segel hingekriegt ... Lutz sah nicht wirklich schwer verletzt aus ... und das Beste war: Die Böen ließen nach. Der Wind war immer noch heftig, aber blies jetzt viel konstanter.

Ja.

Als Lutz dann geschrien hat wie bekloppt, bin ich sofort nach hinten. So hysterisch kannte ich den gar nicht. Und natürlich hab ich gedacht, dass Lydia noch an Bord sein muss. Wo denn sonst? Ich meine wir waren sieben Leute, da verschwindet man doch nicht einfach so!

Mike

»Ahoi und Hallo! Du erwischst leider nur den Anrufbeantworter von ›Ocean Sailing‹, Mike Weining in Freiburg, dein Spezialist für Segelreisen, Yachtcharter und Ausbildung. Unser Büro ist in der Zeit vom 14.9. bis 28.9. nicht besetzt. Unser Angebot findest du aber online rund um die Uhr unter adventuresailing.de. In dringenden Fällen kannst du hier auch eine Nachricht hinterlassen. Bis bald!«

Mona

Schon spannend, wie Menschen in so einer Situation reagieren. Lutz ist von einer Sekunde zur anderen völlig in sich zusammengebrochen. Erst war er noch panisch hin und her gehumpelt, und dann hockte er plötzlich nur noch mit leerem Blick am Heck und hat in die schäumende Dunkelheit gestarrt.

Carl dagegen ... Aktionismus ... hat dauernd was gebrüllt ... hat sich dann eine 20 Meter lange Festmacherleine geschnappt, unseren Rettungsring dran befestigt und achteraus geworfen. Wozu? Und wohin? Alles Quatsch.

Tom hing mit Kinne hinten am Spiegel und ...

Was?

Spiegel ist das Heck. Die hatten ne Lampe und haben geguckt, ob Lydia vielleicht doch da unten irgendwo an der Wasserlinie hing.

Natürlich nicht.

Mike hat versucht, mit dem Motor die Position zu halten ... Auch okay, na klar ... aber ...

Das klingt jetzt seltsam, doch das war einfach keine Situation, in der man stundenlang kämpft. Diese Aussichtslosigkeit ... die wurde wie ne Decke über uns geworfen.

Keine Ahnung, wie lange wir dann da noch irgendwie rumgemacht haben ... Es gab einfach nur eine Wahrheit: Lydia war weg.

Mike hat dann einen Notruf abgesetzt.

Kinne

Der Spiegel bei dem Boot hat unten eine
Stufe. Mit Badeleiter ... Heckbrause und so.
Aber da war nichts.

Carl hat mich gehalten, ich hab mich seit-
lich rumgebeugt und den Rumpf entlangge-
leuchtet. Eigentlich sinnlos. Da gibt es nichts,
an dem man sich festhalten könnte. Ist ja
auch so eine Horrorvision aller Segler ... Gibt
es sogar als Hollywood-Thriller: Alle springen bei schönstem Wetter von Bord einer
Yacht und vergessen, die Badeleiter auszu-
klappen. Je nach Boot hast du keine Chance
mehr, an Bord zu kommen. Das Freibord von
einer großen Yacht ist richtig hoch. Da staunt
man immer wieder, wenn man im Wasser
ist. Normalerweise hast du ja den Anker geworfen, da kann man wenigstens versuchen,
an der Kette hochzuklettern. Wir haben das
mal zum Spaß gemacht ... in Scopello ... Sizi-
lien, und Mike hat damals ...

Was?

Ach so, Entschuldigung. Klar hat das mit der Sache nichts zu tun.

Weiß ich auch.

Ich wollte nur sagen, dass wir halt alles getan haben, was man in so einem Moment halt macht. Sogar Leuchtkugeln abgefeuert. Mussten wir natürlich auch erstmal suchen unter Deck. Tja ... und was wir dann gemacht haben? Irgendwann einfach ... nichts.

Einfach nur schlimm. Ich kapiere es immer noch nicht.

Mike

Ich habe dann einen Notruf abgesetzt. Gesprochen haben wir eigentlich kaum noch. Alle wie gelähmt. Den Rest der Geschichte kennen Sie ja. Der Wind ließ wenigstens ein bisschen nach, und es hat ungefähr ...

Wie bitte?

Eine ganz andere Frage?

Ja, los!

Sie tun doch nix anderes als fragen.

Nein.

Das hatten wir doch schon. Ich habe keine Nachricht an Lydia geschrieben! Warum auch?

Und sie hat auch keine an mich geschrieben. Wissen Sie doch! Sie haben doch unsere Handys.

Was?

Zeigen Sie her!

0152 237...

Ja.

Ja, die Nummer kenne ich.

Tom

Die schlimmsten Stunden meines Lebens. Carl meinte, sie hätte nicht mal die Schwimmweste richtig angehabt.

Irgendwann kam die Küstenwache. Wurde schon hell.

Später dann Hubschrauber.

Wir hatten den Sturm einigermaßen abgewettert, waren also immer noch ungefähr da, wo es passiert sein muss.

Also im Groben.

Wir reden da natürlich über ein riesiges Seegebiet. Wissen Sie ja.

Mona war durch. Nur noch Zittern. Lutz auch. Als die Leute von der Küstenwache angeboten haben, sie mit an Land zu nehmen, sind die beiden umgestiegen. Zu uns kam ein Beamter rüber.

Und dann war da dieser Moment.

Eigentlich der schlimmste.

Wenn du wieder Segel setzt, die Schoten dichtholst ... und einfach weiterfährst.

Mike

»Ahoi und Hallo! Du erwischst leider nur den Anrufbeantworter von ›Ocean Sailing‹, Mike Weining in Freiburg, dein Spezialist für Segelreisen, Yachtcha...«

Stopp!

Machen Sie das aus! Sie müssen mich hier nicht vorführen!

Ja, verdammt.

Es ist meine Nummer. Hören Sie ja.

Ich hab noch ein Firmenhandy. Na und? Haben Sie kein Diensthandy?

Na eben.

Sie können es haben. Da ist nix drauf, was Sie interessieren könnte.

Auf Lydias Handy?

Okay, dann hat sie eben eine Nachricht an mich geschrieben.

Vorlesen?

Nein.

Ach ... geben Sie schon her.

»Ich weiß, dass du sie hast. Hab's gesehen. Ich find es auch scheiße, wie er dich behandelt hat. Aber du musst sie zurückgeben! Sonst sag ich was.«

Keine Ahnung, was sie damit meint. Vielleicht ist ihr ...

Hey!

Schreien Sie mich nicht an!

Echt zum Kotzen ist das. Sie treiben mich hier vor sich her! Ich hab auf so was keinen Bock. Dann sagen Sie mir halt, was sie gemeint hat! Na los!

Die Uhr?

Die Scheißrolex?

Entschuldigung. Tut mir leid.

Nein, das ist nicht lustig. Weiß ich selber. Ich lache gerade eher aus Verzweiflung.

Wegen diesem Drecksding schlaf ich seit fast ner Woche nicht.

Also ... erstmal:

Ja ... stimmt.

Ich hab die Uhr.

Lag direkt unterm Boot. War nicht schwer zu finden. Wann Lydia gesehen hat, dass ich sie hab, weiß ich nicht. Vielleicht hat sie es auch nur gemerkt. Ich kann nicht so gut lügen.

Gucken Sie nicht so!

Kann ich wirklich nicht. Die Nachricht hatte ich auch gar nicht gesehen. Das Firmenhandy war die meiste Zeit aus. Nur Horrornachrichten.

Bevor wir los sind in Calvi ... irgendwann am Nachmittag ... hat sie mich dann drauf angesprochen. Sie stand an nem Briefkasten und hat ne Postkarte eingeworfen, als ich vorbeikam.

Das war hart. Ich bin im Boden versunken. Ja.

Schon klar.

Sie halten mich jetzt für das Allerletzte. Ein beschissener Dieb, der sogar seine Freunde beklaut. Und wissen Sie was? Das bin ich auch. Da gibt's überhaupt nix zu beschönigen.

Aber ... Ich weiß nicht, ob Sie das jetzt verstehen können, da kam plötzlich ganz viel zusammen! Ich konnte überhaupt nicht fassen, dass der mit so nem teuren Angeberteil vor uns rumwedelt. Und als der mich dann noch vor allen anderen runtergemacht hat ... Das war ... Der hat mich richtig gedemütigt und hatte auch noch Spaß dabei!

Ich kenne den Lutz, und der ist, wie er ist. Und der hat auch seine guten Seiten ... aber wissen Sie ... die Firma steht kurz vor der Pleite ... Meine Familie droht vor die Hunde zu gehen, und dann zieht der da so eine widerliche Nummer vor mir ab.

Ich weiß, das ist alles noch lange kein Grund, jemanden zu beklauen ... aber als er dann noch großkotzig gesagt hat: »Egal ... zahlt sowieso die Versicherung«, da hab ich ...

Ja ...

Also eigentlich hab ich ja nicht ... Die schwimmt ja immer noch in meiner Thermoskanne. Auch ohne die Nachricht von Lydia hab ich die ganze Zeit mit mir gekämpft.

»Du musst sie zurückgeben ... Du musst sie zurückgeben ...« Ich hab echt schon Stimmen gehört.

Aber auf der anderen Seite wäre dieses teure Mistding auch ne Lösung ... zumindest für meine dringendsten Probleme.

Wie bitte?

Was sie zu mir gesagt hat?

Na, im Prinzip das, was auch in der Nachricht steht. Ich soll Lutz die Uhr wiedergeben, spätestens in Antibes ... also wenn wir das Boot abgeben. Sonst sagt sie's ihm.

Ich hab so getan, als wollte ich ihn nur ein bisschen leiden lassen, weil er so widerlich zu mir war. Aber ich weiß nicht, ob sie das geglaubt hat. Ich hab schon sehr ... ertappt reagiert.

Hab ja gesagt, dass ich nicht gut lügen kann.

Carl

Meinen Sie nicht, es wäre langsam Zeit, uns gehen zu lassen? Ich kann mir nicht vorstellen, dass Typen wie Lutz oder auch Tom sich das tagelang gefallen lassen, ohne dass ein Anwalt dabei ist. Wahrscheinlich bin ich hier der einzige Depp, der treudoof alles erzählt.

Glauben Sie mir, diese Geschichte wird mich ein Leben lang verfolgen. Ich werd nachts alle halbe Stunde wach. Dass wir nicht mehr tun konnten ... nicht mehr getan haben ... Ich weiß nicht, ob ich irgendwann mal damit klarkomme.

Es gibt Gedanken, die verbiete ich mir einfach. Und gerade die holen mich dann am schlimmsten wieder ein.

Mitten in der Nacht ... Lydia ganz allein in der tobenden See ... Das Boot weg ... Ich ... ich will da nicht hindenken. Das ist ... einfach ein Todesurteil.

Ich hätte verhindern müssen, dass sie an Deck kommt. Ich hätte sie zurückschieben müssen. Dann hätte sie halt unter Deck ge-kotzt. Und wennschon!

Wie bitte?

Ob sie mir egal war?

Was ist das denn für ne Frage?

Ach daher weht der Wind! Wer hat Ihnen das denn erzählt? Echt das Letzte!

Nein, sie war mir nicht egal, und *ja*, sie hat mich in Campomoro blöd behandelt. So what? Und deshalb hab ich sie dann über Bord gehen lassen, oder was?

Jetzt reicht es wirklich!

Was sind Sie eigentlich für ein Mensch?

Kinne

Haben Sie mal von John Fisher gehört? Wahrscheinlich nicht, obwohl das 2018 ziemlich durch die Medien ging. Fisher ist beim Volvo Ocean Race mitgesegelt, eine der großen Regatten rund um die Welt. Ziemliche Materialschlacht ... Die Crews sind lauter Profis. Jedenfalls ist dieser John Fisher im Südpolarmeer über Bord gegangen. Auch nachts. Auch Sturm. 1400 Seemeilen von Kap Hoorn weg.

Aber Fisher hatte einen sogenannten Überlebensanzug an, mit einer Rettungsweste, die sich selbst aufbläst und speziell für das Ocean Race entwickelt wurde. An dem Ding war der angesagte Hightech-Schnickschnack: AIS-Notsender ... Satellitenortung ... Warnlicht ... und und und.

Direkt am Steuerstand gab's für die Ortung einen Mann-über-Bord-Knopf. Es wurde auch sofort ein Rettungsring und eine sogenannte Jonbuoy hinterhergeworfen ... ne Art

Rettungsinsel, die sich auch selbst aufbläst ... Mehr geht nicht. Die Crew hat mitgekriegt, wie er über Bord gegangen ist, und auch sofort Fahrt aus dem Boot genommen. So ein Racer ist da natürlich anders unterwegs. Das sind Boote, die ...

Was?

Ach so. Ja.

John Fisher wurde nie gefunden.

Das Boot ist nach gut vier Stunden Richtung Chile abgedreht. Für die Crew und den Kahn wurde es zu gefährlich, ein Ocean Racer ist nicht dafür gemacht, ohne Speed im Sturm zu dümpeln. Nach vier oder fünf Tagen hat man Fisher dann offiziell als »an die See verloren« gemeldet. Wahrscheinlich war der schon ohnmächtig, als er über Bord ging. Er soll bei einer Patenthalse den Baum oder die Großschot an den Kopf gekriegt haben ... Dann konnte er zumindest die Sachen, die man manuell auslösen muss, gar nicht mehr machen.

Ich denke, Ihnen ist klar, was ich damit sagen will. Wenn solchen Ultraprofis so was passiert, dann überlegen Sie mal, welche Chance wir wirklich hatten.

Mona

Es geht zu Ende, stimmt's? Sie werden immer stiller ... machen immer längere Pausen. Ich glaube fast, Sie wissen gar nicht mehr, was Sie noch fragen sollen. Was haben Sie denn erwartet, was Sie hier rausfinden?

Das Ganze ist eine beschissene Tragödie. Und sonst nix.

Was zum Teufel soll denn sonst dahinterstecken? Vielleicht sehen Sie ja zu viele schlechte Filme ... »Sturmfahrt in den Tod« ... »Mord unter Segeln« ... und wie dieser ganze Dreck heißt. Gucken Sie mal lieber n bisschen Fußball, wie andere Männer auch.

Nein!

Nicht *ich* habe »Mord« gesagt! Jetzt tun Sie doch nicht so scheinheilig! Sie haben doch selber von »Motiv« gesprochen. Glauben Sie, ich würde nicht merken, was Sie hier die ganze Zeit versuchen? Widerlich ist das! Haben Sie überhaupt kein Gespür dafür, was wir gerade durchmachen? Ist das denn nicht schlimm genug?

Keiner von uns kann das ungeschehen machen.

Keine Ahnung, ob man so was überhaupt irgendwann mal vergessen kann.

Bin nicht mal sicher, ob wir hier nicht alle rausgehen und dann nie wieder was miteinander zu tun haben ...

Und da kommen *Sie* mit Ihrer rattenhaften Wühlerei in unserem Privatkram! Was wollen Sie denn hören? Dass Tom und ich sie gepackt, gefesselt, geknebelt und dann über Bord geworfen haben? Weil wir nicht wollten, dass die Vögelei auffliegt?

Ich bitte Sie! Das ist doch lächerlich.

Wegen so was?? Dass Sie überhaupt so was denken, da ... da sieht man, was für ein kleinkarierter, verklemmter Spießer Sie sind.

Nein! Ich höre nicht auf.

Das werden Sie jetzt aushalten, wenn Sie mir schon andauernd mit diesem Mist kommen. Kann ja sein, dass das nicht in Ihre Welt passt, aber ich bin da anders unterwegs. Mein Papa hat immer gesagt: »Des bissel Sex ... Da wird viel zu viel Tamtam drum gemacht.«

Was?

Ob Toms Frau das auch so sehen würde?
Nein.

Nein ... vermutlich nicht.

Schauen Sie mich bitte mal an! Hier! In die Augen bitte! Noch mal ganz ruhig: Ich weiß nicht, was die anderen Ihnen erzählen, aber ich bin absolut sicher, dass da nirgendwo ein großes finsteres Geheimnis lauert. Bei allen Schwächen und Macken, die es da gibt ... aber ... keiner von uns hat was wirklich Böses in sich. Da lege ich meine Hand für ins Feuer ... echt. Kommen Sie mal zur Besinnung!

Das war ein Unfall.

Lutz

Bingo! Genau, wie ich es mir gedacht hab! Ich bin ja wirklich bescheuert. Natürlich hätte ich viel früher einen Anwalt einschalten sollen. Und jetzt raten Sie mal, was der gesagt hat?

Genau.

Ich soll gar nichts mehr sagen. Nada. Nothing, Niente.

Kommt natürlich ein bisschen spät. Aber was soll's?

Dann liegt halt jetzt alles vor Ihnen auf dem Tisch. Und wennschon! Die Frage ist doch: Was nützt Ihnen das, Mr. Superermittler? ... Pardon, Monsieur Poirot natürlich.

Was haben Sie schon erreicht, außer dass es jetzt ordentlich beef zwischen uns allen gibt. Glückwunsch!

Echt toll.

Aber da können Sie sicher sein:

Sie kriegen auch noch was ab!

Das verspreche ich Ihnen!

Mein Anwalt wird eine Beschwerde einrei-
chen beim Departement de Dingsbums ...

Mit der Scheiße hier kommen Sie nicht
durch!

Den Arsch werden die Ihnen aufreißen!!

Da werden Sie ...

Sie kriegen ...

Nein.

Nein, zum Teufel! Ich brauche kein Ta-
schentuch!

Doch ... geben Sie schon her.

Ach, Shit!

Bitte ... hören Sie doch endlich auf.

Das war ein Scheißunfall.

Tom

»Hallo, Rosinchen! Bist im Job, deshalb quatsch ich dir hier schnell auf die Mailbox. Es ist vorbei. Wurde auch Zeit. Super, dass du den Löhberger erreicht hast, der hat das über die Kanzlei geregelt. Morgen früh kann ich meine restlichen Sachen abholen, und dann hab ich auch wieder mein Handy. Ich versuch dann, für spätestens übermorgen einen Flug zu kriegen. Was für ein Alptraum! Hör mal ... falls da vorher was Schriftliches kommt ... Mail oder Post ... Mach das bitte nicht auf. Unterlagen ... Protokoll ... egal was. Gibt hier so ein ... Vertraulichkeitsgedöns. Erklär ich dir, wenn ich zurück bin. Küss dich und drück mir die Mäuse! Ich freu mich auf euch! Sehr. Sehr, sehr.«

Mike

»Gehst du jetzt gar nicht mehr ans Telefon? Komm schon, Sina! ... Also gut. Wenn du das hier abhörst, bin ich vielleicht schon auf dem Rückweg. Die lassen uns gehen. Ist echt schlimm hier ... Erzähl ich dann daheim. Ich hoffe, der Wagen springt an ... der spinnt ja immer, wenn der länger als ne Woche am Hafen steht. Du ... ich weiß, du kannst es nicht mehr hören, aber mit den Rechnungen müssen wir's wahrscheinlich doch noch mal anders machen. Also wenn du jetzt schon was überwiesen hast ... isses eben so. Aber alles andere musst du bitte noch mal stoppen. Ich weiß, dass das Mist ist, aber ich muss das wohl ... anders lösen. Sina ... ich ... Gib Lukas einen Kuss von mir.«

Laurent

»So ... Estelle ... da Sie mich jetzt hören, haben Sie die Audiodatei ja öffnen können. Sehr
gut. Erstmal Pardon für die Umstände. Ich
hab das portable neu und das Verschicken
von Sprachmemos ist bei diesem Ding kom-
plizierter als bei meinem alten. Vielleicht bin
ich auch nur zu doof. Oder schon zu alt. Oder
beides. Dass jetzt alles so schnell gehen muss,
ist mir nicht recht, aber der Präfekt möchte
einen Zwischenbericht, bevor die Presse oder
diese Internet-Heinis noch mehr Blödsinn
schreiben ... Auch verständlich. Ich versuche,
halbwegs ins Reine zu sprechen, damit Sie es
schnell übertragen und dann entsprechend
kopieren und/oder verteilen können. Sollte
ich hier und da etwas ... holprig formulieren
oder redundanten Kram reden, korrigieren
Sie das bitte. Wir kennen uns lange genug,
Sie haben da wie immer freie Hand. Apro-
pos: Gibt's schon was Neues? Wie Sie wissen,
habe ich mich nach Kräften bemüht, Ihre Be-

förderung zu verhindern. Dass Sie Qualitäten mitbringen wie Intelligenz, Fleiß, Loyalität, Talent und Menschenkenntnis ist ja auch normalerweise in unserem Verein kein Garant dafür, Karriere zu machen. Durch irgendeine grausame Laune des Schicksals scheint es bei Ihnen trotzdem zu klappen, und ich verliere meine beste Mitarbeiterin. Aber ... wenn Sie nun schon aufsteigen, versprechen Sie mir wenigstens, dass Sie so schnell wie möglich Vorgesetzte von diesem Rebalois aus der Internen Ermittlung werden. Und dann machen Sie diesem Arschloch das Leben bitte so schwer, wie er es uns beiden in den letzten drei Jahren gemacht hat.

So. Aber jetzt.

Wo sind meine Aufzeichnungen? Hier. Los geht's.

Nizza, 30.9., Zwischenbericht des Sonderermittlers Laurent Vivier zum Verschwinden von Lydia Karmann, 28 Jahre alt, deutsche Staatsbürgerin.

Seit der Nacht vom 26. auf den 27.9. gilt Lydia Karmann als vermisst. Die 28-jährige Frau war Mitseglerin an Bord der in Frankreich registrierten Charter-Segelyacht »Marie A.«. Nach Auskunft der übrigen sechs Crew-

mitglieder ist sie im Seegebiet zwischen Calvi/ Korsika und dem französischen Festland unbemerkt über Bord gegangen. Zeitpunkt: vermutlich zwischen 1:15 Uhr und 2:30 Uhr. Das Boot befand sich zu diesem Zeitpunkt in stürmischer See und soll aufgrund eines technischen Defekts nur bedingt manövrierfähig gewesen sein. Die Suche nach Frau Karmann blieb bis heute, 30.9., 17:30 Uhr, ergebnislos.

Im Einzelnen: Am Abend des 26.9. gegen 18:30 Uhr verließ die »Marie A.« den Hafen von Calvi mit Kurs Antibes. An Bord waren sieben Personen, allesamt deutsche Staatsbürger. Die Mitseglerin Simona Jung-Perreira (»Mona«) besitzt darüber hinaus einen bolivianischen Pass. Die Segelgemeinschaft hatte das Boot am 14.9. vom Vercharterer Bateaux mediterranees in Antibes übernommen, hatte nach einer Überfahrt mehrere Häfen und Buchten auf Korsika angelaufen und war nun auf dem Rückweg. Die Wetterprognose war schlecht, den erfahrenen Seglern an Bord war klar, dass sie es mit Starkwind, Sturmböen und meterhohen Wellen zu tun haben würden.

Estelle, hier fügen Sie bitte den exakten Wetterbericht von meteo maritime ein, mit all diesem Seefahrergedöns ... Knoten ...

Beaufort ... Böen ... Wellen ... etc. Sie finden den in einer separaten Mail, die ich gerade eben geschickt habe. Danke. Weiter.

Eine Verschiebung der Überfahrt kam nach Auskunft des verantwortlichen Skippers Michael Weining (»Mike«) nicht infrage, da das Boot am späten Nachmittag des 27.9. wieder dem Vercharterer übergeben werden musste. Nach seiner Darstellung waren die zu erwartenden Wetterbedingungen zwar unangenehm, aber durchaus beherrschbar. Um zu bewerten, ob und inwieweit diese Einschätzung fahrlässig war, fehlt mir die seglerische Kompetenz. Die anderen Crewmitglieder teilten aber offenbar Weinings Einschätzung.

Nach ein Uhr in der Nacht kam es in stürmischer See zu einem technischen Problem an Bord, das als entscheidend für die folgenden Ereignisse angesehen werden muss. Beim Versuch, die Segelfläche zu verkleinern (»reffen«), verklemmte sich das aufrollbare große Hauptsegel offenbar so sehr, dass es sich nicht mehr bedienen ließ. Das Boot geriet dadurch wohl in eine gefährliche oder zumindest schwer beherrschbare Situation.

Pardon, Estelle, bevor ich es vergesse: In

Ihren Mails finden Sie auch zusammenge-
fasst die Aussagen, in denen es ausschließlich um die Probleme mit diesem Segel, dem
Beiboot und den Lichtverhältnissen an Bord
geht. Ich möchte Sie bitten, die Namen zu
anonymisieren und die Aussagen von Experten der Federation francaise de voile prüfen
zu lassen. Die sollen mal sagen, wie plausibel
das ist, was die mir erzählt haben. Und wenn
Sie schon dabei sind: Ich denke, es wäre
schlau, auch eine Kopie dieser Passagen an
den deutschen Seglerverband zu schicken.
Die sitzen – glaube ich – in Hamburg. Ich
würde die gern mit ins Boot holen, damit das
Ganze so transparent wie möglich ist. Hab
keine Lust auf irgendwelche internationalen
Verwicklungen. So. Weiter.

*Der nun folgende Zeitraum umfasste etwa
30 bis 60 Minuten und wird von der Crew uni-
sono als hektisch, stellenweise chaotisch oder
gar panisch beschrieben. Nach und nach be-
fanden sich alle sieben Personen an Deck. Wer,
wo, wann genau und wie lange lässt sich an-
hand der einzelnen Aussagen nur schwer
nachvollziehen. Zu dem Problem mit dem Segel kam ein weiteres mit einem offenbar
schlecht befestigten Schlauchboot auf dem*

vorderen Teil des Schiffs. Dieses Boot hatte sich nach übereinstimmenden Angaben durch heftigen Seegang und/oder Sturm losgerissen und den Mitsegler Lutz-Oliver Tremel (»Lutz«) unter sich begraben. Die Schilderung ist glaubwürdig, Monsieur Tremel hat ein großes Hämatom und Schürfwunden entlang des linken Beins und kann derzeit nur schwer laufen. Wer sich zu genau diesem Zeitpunkt auf dem sogenannten Vorschiff befand und wie lange und wer zwischendurch etwas holen ging oder anderweitig versuchte, das Boot zu stabilisieren, ist im Detail nicht mehr nachzuvollziehen. Zudem war wohl die oben am Mast angebrachte Deckbeleuchtung defekt, weshalb ich hier einen kleinen Einschub zum Zustand der Yacht machen möchte.

Magali Ledoyen, die stellvertretende Vorsitzende vom Club nautique de Nice hat dankenswerterweise in den vergangenen zwei Tagen die »Marie A.« mit zwei weiteren Experten untersucht. Sie hat darüber hinaus auch einen Segelmacher und einen Monteur hinzugezogen, die in der Marina von Nizza für die Wartung von großen Yachten zuständig sind.

Madame Ledoyen kommt zu dem Schluss,

dass die 16 Jahre alte, 50-Fuß-Yacht »Marie A.« (Typ Oceanis 50) ein seetüchtiges Boot in gutem bis befriedigendem Zustand ist. Sie hat mir eine Liste mit 42 Punkten zukommen lassen, in der defekte oder verschlissene Details aufgeführt sind. Diese Liste reicht von strapazierten Leinen und Schoten über Winschkurbeln (?) mit kaputter Sicherung, aufgequollenem Holz an den Waschbecken bis hin zu zerschlissenen und fleckigen Polstern im Salon. Auch die kaputte Decksbeleuchtung und der – so wörtlich – »etwas hakelige« Einholmechanismus für das Großsegel sind aufgeführt. Eine »umsichtige Bedienung oder Benutzung« vorausgesetzt, sei aber keiner dieser Punkte so gravierend, dass er eine ernste Gefahr für Boot und Besatzung darstelle. Insgesamt äußert Madame Ledoyen aber die Vermutung, dass die »Marie A.« wohl bald am Ende ihres langen Charter-Lebens angekommen sei.

Nun zum zentralen Punkt: das Verschwinden von Lydia Karmann. Die Vermisste war nach dem Ablegen in Calvi zunächst unter Deck geblieben. Übereinstimmend berichten alle, dass sie sich nicht wohlfühlte. Der Grund war wohl eine durchzechte, schlaflose Nacht in Calvi, der anschließend sehr heiße Tag im Hafen und womöglich auch eine nicht allen bekannte Schwangerschaft, auf die ich später noch eingehen werde.

Während die übrigen Crewmitglieder versuchten, in stürmischer See die Probleme mit dem Segel, dem Beiboot und dem verletzten Lutz-O. Tremel in den Griff zu kriegen, kam auch Madame Karmann an Deck. Sie war laut Aussagen der Mitsegler für eine solche Situation unzureichend gekleidet, die Schwimmweste war nicht richtig angelegt, und die als ›Lifebelt‹ bekannte Sicherung fehlte völlig. Madame Karmann wollte offenbar an Deck, weil sie sich übergeben musste. Die Aussagen von Mona Jung-Perreira und Carl Schuter (»Carl«) stimmen darin überein, dass sich die Vermisste ans Heck des Bootes begeben hat. Das war das letzte Mal, dass sie an Bord gesehen wurde. Keine der auf dem Boot befindlichen Personen gibt an, Madame Karmann zu einem späteren Zeitpunkt noch wahrgenommen zu haben. Ihr Verschwinden wurde zuerst von Monsieur Tremel, ihrem Lebensgefährten, bemerkt, der sie zunächst unter, später dann auch oben an Deck suchte. Wie viel Zeit verging, bis das Verschwinden der jungen Frau *auffiel, lässt sich nur vage bestimmen. Es sind wohl mindestens fünf, vielleicht aber auch über 20 Minuten gewesen.*

Der Skipper Mike Weining leitete die in diesem Fall üblichen Notfallmaßnahmen ein. Die anschließende Suche am und um das Boot herum blieb erfolglos, was bei den herrschenden Bedingungen keineswegs ungewöhnlich ist.

Estelle, hier bitte den forensischen Bericht der Kollegen von der Kriminaltechnik einfügen ... Also nicht das ganze Blabla, sondern nur die Passage, bei der es um die Suche nach etwaigen Blutspuren, Haut- oder Stofffetzen am Heck des Bootes geht. Es reicht ja die Kernaussage, dass da nichts gefunden wurde.

Ach ja, und bitte auch anfügen, wann genau schließlich der Notruf der »Marie A.« einging und welche Rettungskräfte dann im Folgenden im Einsatz waren. So. Weiter.

Schließlich wurde per Funk ein Notruf abgesetzt. Nach kurzer Absprache mit den Kollegen auf Korsika begann dann der von der ›CROSS la Garde‹ in Toulon koordinierte Rettungseinsatz.

Vor dem Hintergrund des bisher Geschilderten steht außer Frage, dass Lydia Karmann in dieser Nacht bei widrigsten Bedingungen über Bord ging.

Zur Frage, ob es ein tragischer Unfall war oder ob möglicherweise ein Fremdverschulden vorliegt, sei ein etwas genauerer Blick auf die siebenköpfige Segelgemeinschaft erlaubt. Mit Ausnahme von Madame Karmann kennen sich die Segler bereits seit vielen Jahren. Sie sind freundschaftlich miteinander verbunden, was Spannungen untereinander jedoch nicht ausschließt. So kam es auch auf dieser zweiwöchigen Segelreise zu Auseinandersetzungen, an denen auch die vermisste Lydia Karmann beteiligt war.

Lediglich das Crewmitglied Lars Kinnenberger (»Kinne«) scheint diesbezüglich nicht involviert gewesen zu sein.

Der bereits erwähnte Carl Schuter hingegen war während der Reise von der Vermissten einmalig umworben/angeflirtet, am nächsten Tag aber barsch zurückgewiesen worden. Der Ärger darüber war während der Befragungen zu spüren.

Die separat geführten Interviews förderten auch eine sexuelle Beziehung zwischen Mona Jung-Perreira und dem ebenfalls zur Crew gehörenden Tom Kaiser (»Tom«) zutage. Diese

Beziehung scheint sich über Jahre hinweg auf die Segelreisen zu beschränken. Da Kaiser verheiratet ist, waren die beiden stets bemüht, dieses Verhältnis geheim zu halten. Madame Karmann jedoch hat es nachweislich bemerkt. Da sie darüber hinaus Kollegin von Kaisers Ehefrau ist, hat sie Tom Kaiser und Madame Jung-Perreira damit konfrontiert. Ohne Frage eine für Kaiser bedrohliche Situation.

Mike Weining, der Skipper, hat laut eigenen Angaben finanzielle Probleme und war während eines Badestopps auf Korsika mit Monsieur Tremel heftig aneinandergeraten. Im Kern ging es um eine Luxusarmbanduhr, die Tremel während des Badestopps verloren hatte. Weining fand die Uhr, gab sie aber nicht zurück, sondern nahm sie an sich. Er dachte, dass dies niemand bemerkt habe. Mademoiselle Karmann muss es mitbekommen haben. Sie konfrontierte Weining schließlich damit und setzte ihm ein Ultimatum für die Rückgabe.

Lutz-O. Tremel räumte erst im späteren Verlauf der Befragungen ein, dass seine Lebensgefährtin Lydia Karmann schwanger sei.

Oh ... Merde! ... Estelle ... ich habe was vergessen: Weiter oben im Text, wo zum ersten

Mal von Befragungen oder Interviews die Rede ist, setzen Sie bitte ein Sternchen für eine Fußnote. Dort verweisen wir dann auf das Verfahren um den spanischen Fischkutter »Beatriz Paz« aus dem Jahr 2011. Prozessnummer und Daten finden Sie im System, wenn Sie den Schiffsnamen eingeben. Damals wurde unter Berufung auf internationales Seerecht die Zuständigkeit französischer Behörden für entsprechende Befragungen bestätigt. Ich habe nicht den geringsten Schimmer, ob die Fälle wirklich vergleichbar sind, aber im Laufe der Jahre haben sich mehr als ein Dutzend Kollegen auf die »Beatriz Paz«-Sache berufen, wenn es um die Rechtmäßigkeit von Befragungen und das Festsetzen von Beteiligten ging. Also tun wir das auch. So. Weiter.

Nach etwa einer Woche an Bord will Monsieur Tremel von der Schwangerschaft erfahren haben. Es kam zum Streit der beiden, da er keinen Nachwuchs möchte und darüber hinaus einen Abbruch der Schwangerschaft vorschlug. Das Verhältnis der beiden soll fortan angespannt gewesen sein.

Zusammenfassend möchte ich sagen, dass es genau diese persönlichen Konstellationen und

Verbindungen unter den Beteiligten sind, die eine rasche Bewertung der Ereignisse erschwert und verzögert haben. Die häufig mangelnde Kooperation und die nur häppchenweise erfolgte Herausgabe relevanter Informationen wirft auch im Nachhinein kein gutes Licht auf die Befragten.

Andererseits – und das muss zum gegenwärtigen Zeitpunkt der Ermittlungen im Vordergrund stehen – gibt es weder Beweise noch Indizien dafür, dass sich das Verschwinden von Lydia Karmann anders abgespielt hat, als von den Mitseglern dargestellt. Fahrlässigkeit oder gar Vorsatz sind nicht zu erkennen. Die junge Frau ist demnach ohne Fremdverschulden in stürmischer See über Bord gegangen. Der Fall ist als tragischer Unfall zu bewerten und kann nach dem Einpflegen der noch ausstehenden Berichte (Protokoll der Küstenwache etc.) zum Abschluss gebracht werden.

Zwei Monate später

War klar.

Dass das ... was mit mir machen würde, war klar. Aber dass es größer wird ...? Und lauter? Es wird auch lauter.

Und dass ich jetzt hier vor mich hin laufe und es mir selbst erzähle, kannste auch keinem erzählen.

Ich kann es sowieso keinem erzählen.

Nie.

Mir kann ich's erzählen.

Tu ich ja auch.

Inzwischen jeden Tag.

Ich hab sie nicht alle.

Wie so ein Film ist das. Der hängt wie früher ne Schallplatte. Kommt immer wieder. Und wird immer länger.

Da war dieser Ruck. Gewaltig ... und schon wieder. Das Boot ist nach schräg hinten weggesackt, als wäre da ein Loch im Meer ... Fühlt sich an wie gestern. Zwei Monate her. Und Geschrei.

Und das Gefluche.

Das Heck kommt wieder hoch. Bug knallt aufs Wasser.

Nass. Angst. Scheiße.

Und dann.

So was wie ... lärmende Stille.

Gibt's nicht.

Doch.

Und.

Da war sie.

Augenwinkel. Ganz kurz. Einen Schritt hab ich gemacht. Vielleicht zwei. Hab richtig gesehen. Unten. Am Heck. Nur der Kopf. Der Rest unter Wasser. Noch mit einer Hand an dieser Leine. Die hab ich selbst da drangemacht. Kann man sich nach dem Schwimmen besser an der Badeleiter rausziehen.

War kein Schwimmen. War Ertrinken.

Augen ... aufgerissen. Welle. Kopf weg. Wieder da. Augen aufgerissen. Wasser spucken.

Ich musste sie retten. War sonst keiner. Vorne Geschrei.

Sie konnte alles zerstören.

Ich musste sie retten. Kopfüber. Gefährlich. Geht aber. Muss. Die Leine erwischen. Die Hand.

Sie konnte alles zerstören.

Ich musste sie retten. Augen aufgerissen.
Nein. Nicht zögern. Mit den Füßen einhän-
gen ... vielleicht.

Sie konnte alles zerstören.

Ich musste sie retten.

Dann war sie weg.

Endgültig weg.

Danke

Dass sich großes Glück oft in kleinen Dingen verbirgt, ist kein Geheimnis. Wer nach einem langen Tag auf See in einer ruhigen Bucht vor Anker liegt und in der Abendsonne ein paar Brotkrümel ins glitzernde Wasser wirft, erlebt zum Beispiel fast immer ein Spektakel. Nur kurz warten ... und schon spritzt und platscht und gurgelt es da unten. Fische! ... große, kleine, lange, dünne, silberne, bläuliche ... viele! Ob's nun stimmt oder nicht, das ist so ein Moment, in dem man denkt: Die Welt ist in Ordnung. Mein »Segelleben« ist voll davon. Schon seit ich 16 bin. In Hemmenhofen am Bodensee habe ich zum ersten Mal erfahren, mit welcher Kraft der Wind ein Segel bläht, wie er an den Leinen zerrt, wie Druck auf das Ruder kommt, wie das Boot Fahrt aufnimmt.

Die Liebe zum Segeln ist nie frei von Prüfungen: Die kälteste und nasseste Woche meines Lebens – als Student Ende Oktober auf der Ostsee – bleibt im Gedächtnis. Oder die Angst, als nachts bei auffrischendem Wind der Anker ins Rutschen gerät, der Motor nicht startet und die tonnenschwere Yacht auf die Felsen zutreibt.

Und doch ist das nichts verglichen mit dem glückstrotzenden, prallen Bilderbuch, das mir das Segeln bis heute geschenkt hat. Schon der Aufbruch, das Ablegen im Hafen ist jedes Mal auch ein Ablegen im übertragenen Sinne. Es gibt keine andere Art zu reisen, bei der man derart schnell alles hinter sich lässt. Quirlige Häfen, verborgene Strände, Delphine, die über Stunden das Boot begleiten ... Die Welt, vom Wasser aus gesehen, ist eine andere. Wäre ich gezwungen, meine zehn schönsten Reisemomente zu nennen, so hätte die Hälfte davon mit dem Segeln zu tun.

Das liegt auch und vor allem an den Menschen, mit denen ich diese Erlebnisse seit Jahren teile.

Allen voran Udo Fischer. Leichtigkeit und Umsicht in Einklang zu bringen macht ihn als Skipper und Freund einzigartig. Ohne die vielen gemeinsamen Seemeilen hätte ich dieses Buch nicht schreiben können.

Danke auch an Thomas, Ute, Sascha, Peter, Foffo, Kai, Sonja, Jörg, Eddy, Karsten, Jo und all die anderen, die mir Freunde und Inspiration waren.

Ein besonderer Dank aber geht an meine Evelin, die mich im Pandemiewinter 2021 ermutigt, bestärkt und mir komplett den Rücken freigehalten hat, damit aus Erdachtem und Erlebtem am Ende Geschriebenes wurde. Danke, Süße! Wenn Du bloß nicht immer so seekrank würdest ...

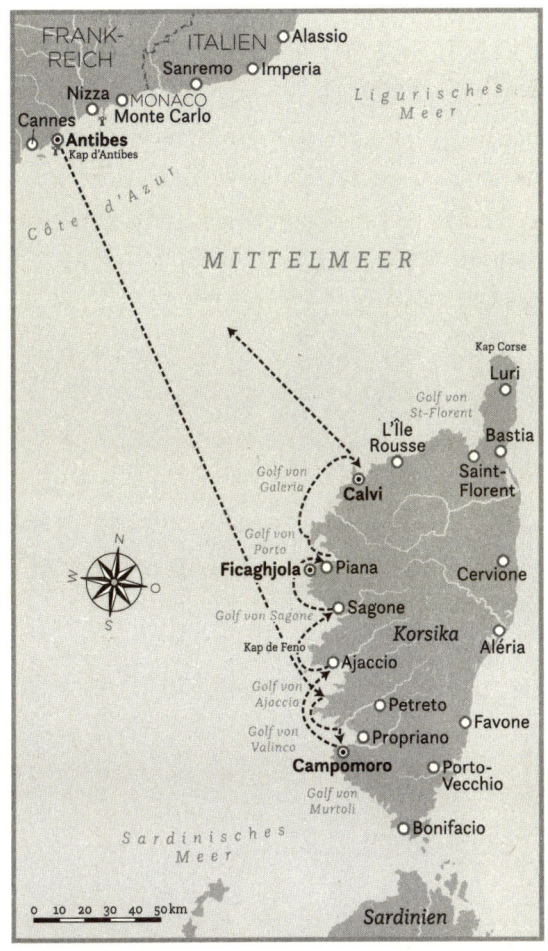

Route der »Marie A.«
© Peter Palm, Berlin

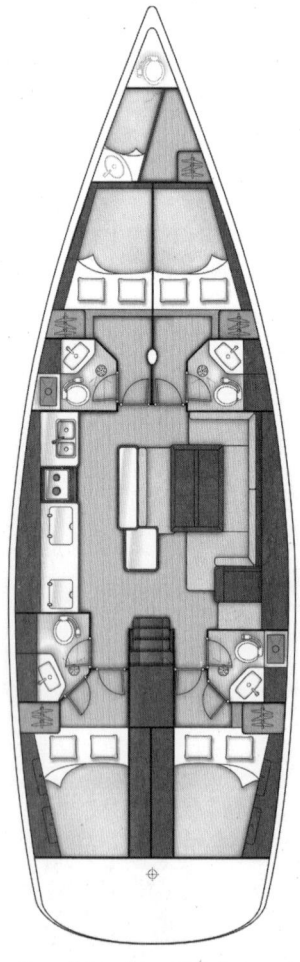

Grundriss der »Marie A.«
mit freundlicher Genehmigung von © BENETEAU

Petra Johann
Die Frau vom Strand
Thriller
456 Seiten. Klappenbroschur
ISBN 978-3-352-00952-5
Auch als E-Book lieferbar

Freundin oder Feindin?

Rebeccas Leben ist fast perfekt: Sie lebt mit ihrer Frau Lucy und ihrer kleinen Tochter in ihrem Traumhaus an der Ostsee. Nur wenn Lucy beruflich unterwegs ist, fühlt Rebecca sich einsam. Das ändert sich jedoch, als sie am Strand Julia kennenlernt. Die beiden Frauen freunden sich an und treffen sich täglich – bis Julia plötzlich spurlos verschwindet. Rebecca begibt sich auf die Suche nach ihr, stellt jedoch bald fest, dass sie ein Phantom jagt. Vieles, was Julia ihr erzählt hat, war gelogen, ihre angebliche Zufallsbegegnung sorgfältig inszeniert. Als Rebecca erkennt, weshalb Julia wirklich ihre Nähe gesucht hat, ist es zu spät. Sie muss eine Entscheidung treffen, um die zu schützen, die sie liebt.

Ein Thriller wie ein Bad in der Brandung – er hinterlässt kalte Schauer

Regelmäßige Informationen erhalten Sie über unseren Newsletter.
Jetzt anmelden unter: www.aufbau-verlage.de/newsletter

Katharina Peters
Ufermord
Ein Rügen-Krimi
368 Seiten. Broschur
ISBN 978-3-7466-3774-7
Auch als E-Book lieferbar

Der geheimnisvolle Tote
von Sellin

Romy Beccare wird an das Ufer des Selliner Sees gerufen, weil man eine männliche Leiche entdeckt hat. Der Tierarzt Michael Bautner wurde dort erstochen. Schnell hat man auch einen Verdächtigen: einen abgeschottet lebenden Mann, dessen Hund Bautner angeblich falsch behandelte und der deshalb starb. Doch Romy kommen Zweifel. Die Ermittlungen laufen ihr viel zu glatt. Dann wird bei Bauarbeiten in Sellin das Skelett eines seit fast drei Jahrzehnten vermissten Mannes gefunden, der offenbar kurz vor seinem Verschwinden mit Bautner zu tun hatte.

Der neue Rügen-Bestseller von einer der erfolgreichsten Krimi-Autorinnen der letzten Jahre

Regelmäßige Informationen erhalten Sie über unseren Newsletter.
Jetzt anmelden unter: www.aufbau-verlage.de/newsletter

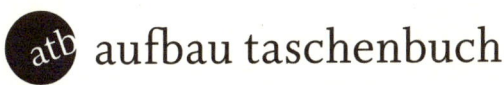

aufbau taschenbuch